Los Héroes Mágicos
Libro 2

Zenobia y sus Muñecas

Claudia Carbonell

Zenobia y sus Muñecas
Claudia Carbonell

Propiedad literaria © 2019 por Claudia Carbonell. Todos los derechos reservados incluyendo el derecho a reproducir los materiales en su totalidad o en parte o a su difusión por cualquier medio de comunicación.

A la familia Lloyd: Zenobia, Carol, Talula, y Hank

Una parte de los ingresos de la venta de este libro irá a la fundación de Zenobia Lloyd, a www.worldgirldolls.org.

La educación es la más poderosa arma para cambiar el mundo.

Nelson Mandela

El aroma a pastel de manzana y café con leche se esparcía por la cafetería Trieste. En el rincón adyacente a la puerta, el trío de músicos *Los Viejos Amigos,* ejecutaban El Bosque Misterioso, de Chopin, una de las melodías favoritas de Zenobia. La señorita Ornella tocaba el arpa, el señor Antonino el piano, y el más viejo de los tres y decididamente el más talentoso del trío, Lorenzo, a quien todos llamaban *abuelo,* hacía cantar el violín. Se parecía tanto al abuelo de Zenobia, Henry quien había muerto hacía tres semanas.

Ella contaba cada día que pasaba sin el abuelo y obligaba a su mente a recordar todo lo compartido con él: su finca de cuento de hadas donde él le permitió ordeñar las vacas, recoger manzanas, subirse a los árboles más altos, y manejar el cochecito de golf de extremo a extremo de los 55 acres de su finca.

Las fotos de celebridades que empapelaban la cafetería se empañaron. Cuánto ardían las lágrimas al acumularse en los ojos y más cuando rodaban por las mejillas y caían al piso de cemento rojo. Su síndrome de sequedad ocular le permitía llorar disimuladamente. Su mamá estaba pendiente de llenarle los bolsillos de su maletín escolar y el de sus pantalones, de lágrimas artificiales y le recordaba que las usara varias veces al día. Exprimiendo las gotas en sus ojos, Zenobia lloraba cada vez que recordaba al abuelo.

—¿Quieres pastel de zanahoria, querida?—, preguntó Carol, su mamá. Le insistía que comiera todo lo más feo para el paladar como brócoli, coles, espinacas, acelgas, y por supuesto, zanahoria.

—No gracias,—, respondió ella, —prefiero un pastel de manzana,—, dijo apresurándose a sacar un tubo de lágrimas artificiales de su bolsillo para justificar las verdaderas lágrimas.

—Toma varias servilletas de la barra y guárdalas en tu bolsillo porque vamos a hacer una larga caminata por la Colina Telégrafo,—, dijo Carol dándole un vistazo al ventanal de la cafetería.

—¿Esperas a alg...?—, Zenobia no había terminado su pregunta cuando entró Hank, su papá con su hermana Talula, quien llevaba en una correa a Pelusa, su gato de la raza *muñeca de trapo* que se comportaba más como un perro que como un felino.

Zenobia sonrió amplio y se arrodilló para acariciar a Pelusa. Los músicos ya habían terminado la pieza musical y soltaban carcajadas al ver a la mascota de la familia.

—No saludas a tu papá ni a tu hermana, pero sí al gato, ¿ah, Zenobia?—, dijo su papá en tono burlón. Siempre que se dirigía a ella, Zenobia no sabía si lo hacía para burlarse pues fue él quien le sugirió el nombre a su esposa por sonar gracioso. No obstante, a su mamá le encantó y tan pronto su papá se enteró que su nombre en árabe significaba, *orgullo de su padre,* no vacilaron en bautizarla con tan singular nombre.

Aunque durante sus primeros tres años escolares fue objeto de burla de parte de sus compañeros, y siempre era la última en ser llamada en la lista de alumnos porque su nombre empezaba con la última letra del alfabeto, ahora en su quinto año escolar, los niños se habían cansado de sus boberías y la incluían en los juegos. Además, ayudaba mucho que Zenobia era una competente atleta y excelente estudiante.

Su mamá como directora de las escuelas Charter en California, les exigía a sus hijas sobresalir en los estudios. Algo que era muy difícil para Talula quien sufría de dislexia.

—¿Qué quieres comer, Talula?—, le preguntó el papá.

Ella miró el gran pizarrón con el menú escrito a mano, ubicado al frente de la registradora y posicionó la cabeza de lado a lado procurando descifrar las palabras.

—Mejor mira la vitrina,—, sugirió Zenobia.

Talula inclinó su espalda haciendo sonar las vértebras. Siempre se tensaba cada vez que se enfrentaba con cualquier cosa escrita. Después de vacilar por un largo rato, se decidió por un pastel de frambuesa y sus padres ordenaron café con leche batida, al estilo italiano.

Era una de las delicias de vivir en la playa Norte de San Francisco, California. Había una variedad de restaurantes para todos los gustos. Recorrer algunos barrios se parecía a visitar distintos países. Tal era el caso de los barrios, *Pequeña Italia* y el *Pueblo Chino*, aunque sólo los separaban dos calles: la Rodeo y Washington.

Aquellas dos famosas intersecciones eran las mismas que cruzaban hoy mientras se dirigían a la Colina Telégrafo. Pelusa llamaba mucho la atención de la gente y a cada paso se detenían para acariciarle, por lo tanto el gato terminó sobre la nuca de Hank, y de tal manera pudieron apresurarse a la colina.

—Después de la caminata cenaremos en la pizzeria *Niño Dorado,*—, propuso él. No había pizza en el mundo más deliciosa que aquella.

Zenobia corrió a la colina y una vez su familia la alcanzó, empezaron su descenso. No importaba que fueran 400 escalones porque el adorno de los alrededores otorgado por los árboles nativos de California, como los cipreses, robles, secuoyas, sicomoros, nogales, y álamos, hacia la bajada una experiencia deliciosa.

Pelusa por poco se lanza abajo desde la nuca de su amo cuando escuchó el graznido de cientos de loros de cabeza roja que tomaron vuelo tan pronto se percataron del gato.

—Pelusa, nunca podrás hacer amistad con ningún animal emplumado,—, aseguró Zenobia tomando al gato con la mano izquierda y sujetándose de la baranda de la escalera con la otra.

—Zenobia,—, llamó su mamá.

—Carol, todavía no hablemos del asunto,—, ordenó el papá.

—Hay que hablarlo. Por eso vinimos a este sitio,—, respondió ella.

—¿Hablar de qué?—, preguntó Zenobia subiendo tres escalones en una zancada hasta quedar sobre el mismo escalón donde estaban sus padres. Sus piernas eran muy largas para una niña de 11 años, lo que causaba admiración en su escuela y la ayudaba a ser la mejor goleadora de fútbol de su equipo.

—Querida,—, dijo Carol y pausó.

—¡Oh no! Es una mala noticia,—, Zenobia lo gritó. Tenía vivo el recuerdo de la más horrible noticia que recibiera de parte de su mamá aquel viernes 18 de Marzo. Su mamá empezó con la acostumbrada, *Querida,* seguida por la pausa... y después con el peor anuncio de todos: la muerte de su abuelo esa mañana. —¡Si es algo malo, no lo digas!—, continuó Zenobia con voz ahogada. No aguantaba escuchar nada negativo. Lloraba mucho en secreto y su garganta se hacía un nudo cada vez que recordaba al abuelo.

Talula se hizo a su lado y la tomó de la mano. Las dos bajaron y bajaron tan rápido como podían. Cuánto procuraba Zenobia no ponerle atención a la conversación de sus padres detrás de ella. Pero por ser en voz alta era inevitable. Entre lo voceado se acentuó: *movernos a Berkeley será mejor para las niñas.* Aquello lo dijo Carol.

—¿Qué dijiste, mama?—, preguntó Zenobia frenando en seco. Sentía la sangre en sus mejillas. Había bajado los escalones muy de prisa. Jadeaba, y ya los ojos empezaban a arderle.

—Nos mudaremos a Berkeley,—, declaró Carol. Su voz tenía la frialdad de la determinación.

—No mamá, ¡nunca nos iremos de nuestra bella North Beach!—. Zenobia sintió la punzante puñalada en la garganta y la sensación vacía en el estómago. Era injusto moverse del mejor barrio del mundo. Además le había costado mucho haberse hecho amiga con el mejor grupo de niñas y haberse vuelto la más sobresaliente jugadora de fútbol de la escuela. Incluso, ni los más competentes jugadores de sexto grado podían ganarle. Encima de todo, no tenía ninguna calificación por debajo de A, la máxima calificación, y el señor Greenbaum, el profesor de ciencia, su materia favorita, era el maestro más gracioso de la escuela y enseñaba cantando. Todo era tan perfecto en su barrio. —No nos iremos, mamá,—, exigió Zenobia.

—Zenobia,—, continuó Carol, —la vida no es sólo diversión y estar rodeada de belleza.—. Zenobia metió sus dos dedos índices en cada oído. No era justo escuchar sermones en el segundo peor momento de su vida.

—Yo tampoco me quiero ir de North Beach, mamá,—, indicó Talula mirando a su papá quien tenía más poder sobre la mamá que ninguna otra persona. Al menos así lo creían las hijas.

—Niñas,—, susurró él, —en tres años Talula entrará a la secundaria y en Berkeley está la mejor escuela para niños disléxicos,—, Talula volteó a mirar a Zenobia. Su mirada estaba cargada de tristeza. Era por su culpa que dejarían North Beach.

—Papá eso será en tres años,—, dijo Talula esperanzada. Ella calculó los meses. Entraría a la preparatoria en treinta y seis meses; eso era mucho tiempo.

—Para lograr entrar a Bayhill, debes estar ya en lista de espera y para ello tenemos que ser residentes de Berkeley,—, explicó su papá. Carol puso una mano sobre el hombro derecho de Zenobia. Sintió que la quemaba. Todo era idea de ella. Le importaba demasiado la educación. Zenobia arrancó a correr escaleras abajo. *Como si no hubiera otras cosas más importantes*, pensaba, *como las amigas, tener el mejor profesor del mundo, ser campeona de tu equipo, vivir en la ciudad más linda de todas...*

—Cuidado hija,—, voceaba Carol.

—Espéranos, espéranos,—, suplicaba el papá. Nada la detenía. Ni siquiera Pelusa que corría a la par de ella maullando desesperado. Llegó al último escalón a la mitad del tiempo que usualmente le tomaba.

Frente estaba la calle Embarcadero y al este se erguía el puente Golden Gate, en toda su escarlata gloria. Volteó la cara a las escaleras. Atrás se elevaba la Torre Coit. ¡Ay, cuánto amaba la ciudad que la había visto crecer!

Cuánto añoraba a su abuelo y las visitas a su finca a dos horas de distancia, y encima de todo, su cariño. *Si estuviera vivo les obligaría a nunca movernos de North Beach,* pensó ella.

Zenobia se detuvo en el andén, tomó a Pelusa, y miró a ambos lados antes de cruzar la calle. Se abalanzó a la baranda y se permitió llorar. Lo hizo bulliciosamente. Su familia tardaría varios minutos y no había nadie cerca que se percatara de su dolor aparte de Pelusa quien le servía de pañuelo.

Cuando la familia estuvo a su lado ya el lomo del gato estaba tan mojado como la ropa de ellos. Los padres colocaron las manos en sus hombros y Talula la abrazó. *No puedo dejar mi escuela, mi escuela,* Zenobia estaba segura que lo estaba gritando.

Era posiblemente su único recurso para que sus padres desistieran de la idea de moverse, pero reconoció que su voz la ahogaba la ávida función de su mente la cual le revelaba su escuela tan querida junto a sus amigas, la cancha de fútbol, y a todo North Beach haciendo enmudecer sus gritos.

La escuela es importante en todos los países. Aunque no esté a la par de la familia, quizás para ti sea tan fundamental como las amistades, los deportes, y la diversión. A diecinueve horas de distancia en avión de San Francisco está un país llamado Uganda. Se podría decir que es el corazón del África. Allí encontrarás un pueblo llamado Kasese ubicado a casi 400 millas en carro de Kampala, la capital del país.

A la vista Kasese no se puede catalogar como una ciudad apetecible a los ojos, pero sus alrededores sí lo son por estar rodeado de las hermosas montañas Rwenzori conocida como la tercera más alta del África.

Está regada por cascadas, lagos, glaciares, y donde encontrarás fabulosos animales como el elefante de montaña, chimpancés, monos, y un particular animalito que muy probablemente jamás habrás visto.

Parece una mezcla entre ardilla gigante y conejo: el damán roquero. No porque sepa bailar rock & roll, pero porque vive entre pilas de rocas.

En la parte norte de Kasese se encuentra el Parque Nacional Queen Elizabeth. Sobre tierra encontrarás entre otros animales a leopardos, leones, elefantes, búfalos, y babuinos que es un mono muy grande y nada amistoso. Dentro del agua, nada menos que en el río Nilo, verás cocodrilos, hipopótamos, y muchas veces montando sobre ellos encontrarás a las garzas muy elegantes como si estuvieran posando para que les tomes fotos.

Hay una aldea en un extremo de Kasese llamada Kyarumba allí a pesar que no encontrarás animales sofisticados, elegantes, ni peligrosos, sí verás algo más maravilloso: un colegio. Este es el tema central de esta historia. *Escuela Visionaria,* era el nombre del plantel. Dentro de una sencilla construcción de ladrillo del tamaño de una habitación chica, la señorita Namazzi, enseñaba a treinta y cuatro niños a leer, escribir, ciencia, estudios sociales, arte, y matemática.

Su hija Achén de 10 años de edad, estaba en su clase. Su madre le decía que estuvo soñando a sus hijos desde los ocho años. Uno de esos sueños era ser la única maestra de ellos hasta que terminaran la secundaria. Por tanto estudió mucho, más que otros miembros de su familia.

Por ser hija única de un banquero exitoso él pudo pagarle la costosa universidad. Ella y dos chicas más en esa época fueron las únicas mujeres en la Universidad de Kampala. Allí obtuvo una maestría en educación. Aunque su objetivo había sido enseñarles a sus futuros hijos, ahora era la profesora de muchos.

—Maestra,—, le susurró Achén a su mamá quien había cerrado el libro de matemáticas y estaba abriendo el de estudios sociales.

—Achén, si quieres hacer una pregunta alza la mano,—, ella le ordenó abriendo mucho los ojos. Namazzi les exigía colaboración a los estudiantes porque era un reto enseñar a treinta y cuatro de ellos. Había nueve escritorios rotos con sillas desbalanceadas y todos se turnaban para sentarse en ellas.

Los demás se acomodaban en el suelo y hasta debajo del umbral de la puerta que permanecía abierta para facilitar la entrada de la brisa. En el calor abrasador de Kasese, el viento, estar protegido del sol, y tener la barriga razonablemente llena, eran asuntos atesorados. Los dos últimos niños de la clase se apretujaban entre la puerta.

Achén alzó la mano. Estaba contra la pared donde colgaba el pizarrón y tenía que doblarse de lado para apenas poder ver lo que en él su mamá escribía. Ella ignoró la mano levantada de su hija y empezó a escribir mientras leía en voz alta:

—África, nuestro hermoso continente, es rico en recursos naturales, tradiciones, cultura, pero su más grande tesoro es su gente.—. Pasó la mirada a toda la clase y continuó: —Es también muy diferente a los demás continentes. Díganme, ¿que diferencia tiene nuestro continente a los demás?—. Muchos alzaron la mano. Entre ellos estaba Sanyu. Todo el día había repetido que tenía algo urgente para compartir con la clase.

Viendo que Sanyu movía su mano como ventilándola de un terrible quemón, la profesora dijo, —Tienes la palabra, Sanyu.—.

—Lo que más distingue al África de otros países son los animales salvajes,—, respondió él.

—Muy cierto, nuestro continente posee una fauna muy diversa...—, aseguró ella y regresó al tablero para anotarlo.

—Además,—, continuó Sanyu, —¡encontré en el bosque a un tigre cachorro!—. Con toda razón la clase gritó emocionada.

—¿Un tigre? ¿Estás seguro?—, cuestionó la maestra, —Es raro encontrar tigres en África.

Ahora Asia es su nuevo hábitat. Quizá el animalito estuvo en cautiverio en alguna finca cercana y de allí se escapó.—.

—Sí profesora, es un tigre y es así de diminuto,—, añadió él formando con sus dos manos el simulacro de estar sosteniendo una pelota de fútbol. —Mi mami dice que está recién nacido.—.

La señora Namazzi dudó de sus últimas palabras por haber sido algo asegurado por la mamá de Sanyu. Ella preparaba la bebida más peligrosa de Uganda; el warayi. La señora del warayi, como era conocida, y su esposo, eran dueños de la propiedad adquirida con el trabajo de ella pero como en Uganda las mujeres no tienen derecho de comprar bienes raíces, el señor se daba el lujo de emborracharse todo el día mientras su esposa preparaba la bebida y se la servía todos los días a los borrachos de la aldea.

—¿Dónde está el tigrecito ahora, Sanyu?—, preguntó la profesora, deseosa de tener la libertad de caminar entre filas de escritorios perfectamente alineados a cambio de verse obligada a quedarse en un solo punto, frente al pizarrón ya que hasta el espacio debajo de su escritorio estaba ocupado por una niña a quien le dolía la espalda por verse obligada a agacharse para poder ver el tablero y las rodillas de la maestra.

—¡Está en mi casa, profesora!—, respondió Sanyu con ojos cargados de alegría.

Una corriente fría subió a la columna vertebral de la señora Namazzi. No confiaba en el cuidado que podría brindarle la señora del warayi al bebé tigre. Ella no cuidaba a nadie. Su hijo por voluntad propia asistía a la escuela y cada fin de mes la profesora se veía obligada de sacrificar uno de sus raros días libres, para cobrarle por el estudio de Sanyu. Para ello le tocaba caminar cuatro millas hasta llegar a la propiedad de la fabricante del warayi. Sitio que no más sentar pie en él le disgustaba porque le traía un sin fin de malos recuerdos y además porque aquel lugar era donde su gente encontraba la perdición.

—Es una mala idea además de peligroso tener al cachorro en tu casa. En cualquier momento podría llegar la mamá en busca de su hijo y terminar con todos.—.

—¡Aaah!—, los alumnos vocearon al unísono. Muchos de ellos llevaron las manos al pecho y otros se taparon con ellas la boca como si de ellos se fuera a salir la misma mamá tigresa. Mientras que en la mente de la señora Namazzi estaba la película mental de Sanyu siendo agredido por la tigresa en medio de un montón de borrachos muertos tendidos en el suelo. Entre ellos su ex esposo, el padre de Achén.

En ese instante recordó que su hija había levantado la mano con anterioridad. Volteó la cabeza a ella y dijo, —¿Tenías una pregunta, Achén?—. La emoción producida por el relato del tigre le había borrado de su mente aquello que deseaba comunicar, y era una niña quien estaba afuera y de vez en cuando asomaba su rostro por una de las ventanas y se escondía.

A las 4:00 de la tarde, al concluir la última clase, la señora Namazzi les pidió a todos que formaran una fila para salir de la escuela. Ella como siempre, salió detrás de todos para asegurarse de que afuera estuviera libre de algún peligro. Sentada debajo de la ventana adyacente a la puerta, se encontraba una niña más o menos de la edad de Achén.

—Mami, ella es la niña que vi mientras dabas las clases, y quise decírtelo pero se me olvidó,—, dijo ella acercándose a la niña. Varias ambulancias pasaban detonando sus sirenas y brillando sus luces rojo y azul.

La pequeña apretó sus rodillas con ambos brazos, y empezó a llorar. Tenía el rostro como un tomate maduro. Gotas de sudor bajaban por su frente y a los lados de la cara, y de sus ojos brotaban un raudal de lágrimas.

—¿Qué te sucede, querida?—, preguntó la profesora. Varios estudiantes ya se habían percatado de la niña y se congregaron a su alrededor.

—Niños, vayan a sus hogares. Ya las clases han terminado,—, ordenó la profesora. Debía apresurarse a entrar al edificio contiguo donde los internos de la escuela la esperaban para seguir con las clases de la tarde. Estas terminaban a las 9:00 que era la hora de dormir.

—Dime dulzura,—, insistió Namazzi, —¿Podría hacer algo por ti?—.

—Mi papi murió,—, Achén estaba cuidadosamente estudiando el movimiento de sus gruesos labios y lo pudo descifrar.

No fue la intención de Namazzi preguntar lo siguiente: —¿Cómo murió él?—. A cambio quiso saber de su mamá.

—En el palacio del rey Rwenzururu, él sus guardias, y los soldados estaban dispararon y una bala mató a papi.—.

Aún no habían sanado las ampollas de los pies de Zenobia ocasionadas por la carrera gradas abajo que realizara desde la Loma Telégrafo el día del anuncio de la movida a otra ciudad, cuando sus padres ya estaban empacando la casa entera. La mamá se dedicaba a envolver en papel periódico cada utensilio de la cocina y a organizarlo en cajas previamente enumeradas y codificadas con marcadores de distintos colores.

Las cajas que contenían la colección de porcelanas y vajillas de té, tenían enormes rótulos titulados: *FRAGIL*. Carol hubiera deseado agregarle al aviso unas cuantas amenazas a la persona que no tratara dichas cajas con el más absoluta cuidado.

Razón tenía pues aquellas tenían mucho valor por ser antigüedades y algunas incluso, eran de la era Victoriana.

Antes de salir a trabajar, le recordaba a Hank que siguiera su mismo modo de empacar cuidadoso y organizado para que una vez en Berkeley, encontraran rápido cada cosa y sobretodo, en buen estado.

—Por supuesto amorcito,—, hoy él le respondió mientras armaba una fila de cajas. Tan pronto Hank escuchó la puerta del garaje cerrándose dando como hecho que su esposa había salido al trabajo, empezó a tomar lo que le cabía en ambas manos y las vaciaba dentro de aquellas.

Mientras el disco de vinilo de los Bee Gees, *Tragedia* giraba y tronaba a todo volumen en la radiola Motorola, Hank se movía al ritmo de la música y ahora aventaba cada cosa que no terminara en pedazos, en diferentes cajas.

Al llegar de la escuela, Zenobia se encerraba en su habitación y solamente salía cuando el papá agotaba sus ruegos y la mamá con la sencilla frase: *¡Vas a cenar ya!* Bastaba para ella apresurarse a la mesa. Talula se mantenía en silencio y al caminar demostraba toda la culpabilidad que no podía expresar con palabras.

Arrastraba los pies y encorvaba la espalda como si los hombros pesaran más que su cuerpo. Bueno, se podría decir que el cuerpo de ambas hermanas estaba maltratado de tanto estirarlo, pues tenían el pie derecho en North Beach y el otro en

Berkeley. Aunque el pie izquierdo se negaba a pisar la hostil ciudad.

Zenobia llegó a la nueva ciudad sintiendo la misma sensación como cuando entras a un hospital y estás a punto de ser operada de la apéndice, la vesícula, o porque tienes un hueso fracturado. Berkeley estaba envuelta en un manto gris con una gruesa manguera encima del parabrisa, disparando agua. El horizonte se ocultaba y solo se vislumbraba el otro carro delante del antiguo Plymouth Voyager blanco y azul del '74.

Era una vergüenza cada vez que montaban en el *Viajero,* como su papá lo llamaba. Él no concebía cambiarlo ni por el coche moderno más sofisticado porque alegaba que Viajero conocía mejor el camino que cualquiera además era de su completa confianza. Lo malo es que asimismo, era el blanco de burla de todo niño necio que sentaba mirada en él. Además, estaba lleno de las características propias de una reliquia metálica: rayones, hendiduras, y peladuras.

—Hijas, no quiero verlas así,—, se quejó el papá mirándolas por el espejo retrovisor. —Denle una oportunidad a Berkeley. Cuando salga el sol se darán cuenta que esta es una ciudad interesante. Además, la escuela de ustedes es una maravilla.—.

El Viajero frenó con un ronco quejido y el sonido de una puerta automática de garaje le siguió.

Zenobia brincó sintiendo el resorte de la silla más punzante al verse rodeada de paredes.

—¡Por favor díganme que esta casa es alquilada!—, ella gritó.

—No hijita, esta es la sorpresa que tenemos para ustedes. ¡Hemos comprado esta linda propiedad!—, anunció Carol con la misma emoción que mostraba cada Navidad cuando veía a sus hijas destapando los regalos. Zenobia se deleitaba en cada festividad con una nueva muñeca de colección de *American Dolls,* y a Talula le brillaban los ojos al abrir los obsequios de la familia que siempre consistían en libros antiguos, clásicos, y enciclopedias.

Aunque la tecnología era más practica, ella se negaba a leer cualquier cosa en Kindle. Decía que para saborear la lectura era preciso palpar el papel y pasar cada página. Al hacerlo se le ayudaba a la memoria a comprender la lección impresa y a interiorizar la esencia de una historia.

—Esperen,—, voceó Zenobia, —ustedes compraron esta casa ¿sin ser aprobada por nosotras?—, sus ojos se llenaron de lágrimas. —Qué pasó con nuestra casita de North Beach?—, ahora su voz estaba cargada de agonía por estar ahogada en su llanto. Era inusual que llorara abiertamente.

Estaba acostumbrada a disimular su llanto. Antes de la muerte del abuelo solo había llorado al recibir una muñeca nueva y las lágrimas eran de alegría, o cuando en tercer grado, su equipo perdiera un campeonato de fútbol. Aunque en aquella ocasión no había sido su culpa sino porque había faltado al partido debido a una infección en las amígdalas que la dejaron tendida en la cama con fiebre por tres días.

—Querida,—, empezó Carol. Zenobia se tapó los oídos con ambas manos y apretó fuerte los ojos. En ese instante su mente voló a North Beach, al Distrito Richmond y vio su orgullosa casita Victoriana en fila al lado de otras iguales. Estaba pintada en tono rosa y parecía un pequeño palacio de muñecas.

—La vendimos y compramos ésta. Te gustará,—, insistió Carol sonriente mientras abría la puerta del coche y salía.

—Sí, hijitas. Es mucho más cómoda, grande... moderna...—, continuó Hank con su mirada aún anclada en el espejo retrovisor.

—¡No!—, gritó Zenobia y volteó a encarar a Talula quien de momento estaba luchando por quitarse el cinturón de seguridad.

Zenobia se quedó sentada secándose las lágrimas con la manga de su blusa. Talula la miró y le dijo, —Lo siento,—, quiso reconfortarla pero esta era una de las tantas veces cuando las palabras se ocultaban dentro de la hermética caja de anzuelos de pesca. Cada vez que Talula quería decir algo, se imaginaba pescando la palabra correcta pero casi siempre se le escapaba del anzuelo y a cambio una inapropiada era la pescada.

Talula salió del carro y bajando su mirada a los pies de su hermana dijo, —Si bajas podrás ver tu habitación que yo te elija.—. En cambio, quiso decirle que esta vez ella podría elegir la recámara de su preferencia así su mamá insistiera que la mayor era quien debía tener la alcoba más grande.

—No quiero entrar a esta tonta casa,—, contestó ella recorriendo con la mirada el amplio garaje. Claramente se veía que en él cabían tres automóviles, mientras que en su casita de muñecas la falta de garaje era un frecuente agravio para la mamá, aunque para su papá no.

Bueno, nada parecía molestar a Hank, ni siquiera cuando la policía lo paraba en la calle por sospechoso pues si no estaba conduciendo a Viajero, se transportaba en una destartalada motocicleta Kawasaki del año 1977, en una ciudad donde la gente conducía coches lujosos.

Hank se había frisado en los años 70s junto con sus chécheres, música Disco, el baile Hustle, y los programas de esa década como Los Ángeles de Charlie, El Bote del Amor, y Tres son Compañía que veía todas las noches a través de YouTube.

—Muñeca,—, llamó acercándose con cierto temor a ella. —Por favor, entra para que tu pobre mami no se sienta peor.—. Ya había empezado mal. Siempre protegía a su mamá y nunca se ponía en los zapatos de sus hijas. En este instante la mente de Zenobia se llenó de los malos recuerdos de todas las veces en que su papá estuvo a favor de Carol.

Empezando por el viaje que hicieran a San Diego a cambio de Cabo San Lucas, *por razones de seguridad...* había sido la razón dada por su mamá, aunque ella sabía que había sido porque las vacaciones salieron más baratas. Siempre estaba pendiente de economizar cualquier centavo. *Porque soy quien trae el pan a casa,* era su justificación.

—No papá, no quiero entrar. ¿Cómo pudieron vender mi casa sin *mi* permiso?—. Talula no se había movido del lado del auto. Meditaba sobre los sinónimos del sustantivo *permiso*: autorización, consentimiento, aprobación, y concesión.

Se sonrió de haber pescado al instante todas las palabras análogas. Zenobia le frunció el ceño. La actual situación no ameritaba ninguna sonrisa, sino de todas las palabras análogas a una *pataleta*: llanto, berrinche, y rabieta.

Namazzi quedó sin palabras observando a la niña. Su incredulidad enmudecía su deseo de reconfortarla. ¿Cómo era posible que alguien quisiera hacerle daño al rey de Uganda? Su alteza, Charles Mumbere era un buen monarca. Namazzi lo pregonaba en su clase. Él a diferencia de otros reyes, había tenido un pasado difícil.

Aunque había heredado el título de rey a los 13 años, había mantenido su jerarquía en secreto por 43 años. En cambio, viajó a los Estados Unidos donde se dedicó a cuidar gente anciana por 20 años antes de regresar a Uganda y aceptar su posición de rey a la edad de 56 años.

—Nena,—, la voz de Namazzi le temblaba tanto como sus manos y rodillas. —Lo que dices no puede ser cierto.—.

—¡Lo es!—, protestó la niña elevando el volumen de su llanto. —Estaba en el palacio con papi.

Yo jugaba en el jardín cuando...—, el ataque de desconsuelo enmudeció sus palabras. Sus entrañas se retorcían pensando en su padre colapsando al piso sobre un charco de sangre. Pero antes de caer al suelo enladrillado del jardín del palacio, le había clavado una mirada de dolor a ella exhortándole a que cubriera sus ojos. Semejante imagen no podía quedar en su recuerdo.

—Si, si,—, insistía la niña, —papi cayó muerto ahí mismo y al rey Mumbere se lo llevaron preso.—.

—Pero, ¿por qué?—, Namazzi se avergonzó de su pregunta ya que a cambio debía reconfortar a la niña. —Ya, ya, tranquilízate, preciosa. Todo se arreglará...—, ni siquiera sonaba como ella. —Pero ahora dime, ¿qué hacía tu padre en el palacio del rey?—. Namazzi no podía imaginarse que el padre de una niña tan harapienta pudiera tener alguna alianza con el rey de Uganda.

—Papi era uno de los guardias del rey,—, contestó ella tendiéndose de lado sobre el arenoso suelo. Las moscas la atacaban mientras las sirenas de los autos de policía continuaban detonando sus agudos pitos.

—No, preciosa, no te acuestes sobre este suelo sucio. Ven,—, insistió Namazzi tomándola de la cintura y obligándola a ponerse de pie.

Achén la abrazó fuerte, muy fuerte, deseando sacarle de sus entrañas la tristeza y quedarse con al menos la mitad de ella.

—¿Cómo te llamas?—, preguntó Achén.

—Dembe,—, respondió ella, restregándose los ojos. Las manos las tenía enlodadas y de tal modo quedó su cara.

—Tu nombre es muy bello; Dembe significa paz,—, acertó Namazzi. Ahora había determinado que la niña decía la verdad. Mientras forzaba una sonrisa para calmarla, se preguntaba ¿cómo podía ayudarla? Reconocía bien el dolor ocasionado al perder un ser querido. Había perdido al hermanito gemelo de Achén de tan solo dos años. —¿Tienes algún pariente?—, preguntó Namazzi.

La niña bajó la mirada al suelo y guardó silencio. Parecía que estuviera contando cada partícula de arena alrededor de sus pies.

—Dembe, Dembe… contesta mi pregunta, por favor.—.

—No tengo a nadie,—, respondió ella en un susurro. Achén sólo lo escuchó por tener su misma estatura.

—Mami, ella dice que no tiene familiares. ¿Podría quedarse con nosotras?—.

Los ojos de ambas niñas tomaron un repentino brillo de esperanza mientras elevaban la mirada a Namazzi.

—No lo sé,—, respondió la maestra aunque había sido su intención de negarse ante semejante disparate. Para empezar, le costaba tanto mantenerse ella con su hija aunque trabajaba día y noche en un empleo que muy pocas mujeres en Uganda, se daban el lujo de ejercer. La profesión de profesora como cualquier otra carrera profesional, estaba destinada a los hombres quienes únicamente tenían derecho de ir a la universidad.

A las mujeres se les designaba las labores domésticas como ama de casa, educar a sus hijos, y laborar en trabajos de agricultura, en una cocina, o de esclava. —Ven, acompáñanos al colegio y allá en la cocina te daré algo de comer.—.

Achén y Namazzi tomaron de las manos a Dembe y se apresuraron al edificio del lado de la escuela. Este era una construcción grande cuya estructura y diseño parecía haber sido bien planeada. Era de dos pisos y con muchas ventanas. La puerta era grande y pesada. Al halarla, Namazzi lo hizo con fuerza.

—Apresúrense, niñas,—, ordenó ella con tono de angustia. El director por muchos meses no se había asomado a la escuelita del lado para colectar el pago de los alumnos de Namazzi.

39

A ella también le había asignado dicha tarea. En cambio, él sí estaba a cargo de colectar el pago de los estudiantes del internado porque su costo era más alto y por tanto, ameritaba su atención.

Siguieron un corredor largo y serpenteante hasta llegar a una puerta de vaivén ubicada al fondo. Por ella pasaron y llegaron a una cocina. Una señorita revolvía el interior de una descomunal olla con una cucharota de guadua.

—¿A quién traes?—, le preguntó la joven fijando la mirada en Dembe.

—Es sólo por hoy, Masiko, por favor, sírvele algo de comida,—, ordenó Namazzi.

—Bien sabes que nos podríamos meter en muchos problemas, Namazzi,—, contestó ella, apagándole los ojos varias veces como si estuviera espantando mosquitos con sus enormes pestañas.

—Pero tía, ella no tiene parientes,—, Achén procuraba convencerla.

—¿Y eso qué?—, respondió ella soltando la cuchara la cual dio dos vueltas enteras alrededor de la olla y quedó temblando por la ebullición del contenido de la olla.

—Hermana, ven; quiero hablar contigo,—, ordenó Namazzi, tomándola del brazo. Masiko agitó su extremidad liberándose de la mano.

—No vengas a enredarme en asuntos turbios ¡que no puedo perder este trabajo!—.

Namazzi le tomó la mano a su hermana y la haló a una esquina donde había un costal de papas.
—¿De veras me hablas en ese tono?—, ella pausó antes de continuar, —¿Masiko, cuándo me haz visto hacer algo inapropiado?—.

Ella abrió los ojos al máximo. Su rostro parecía esculpido por un refinado artesano. Sus ojos eran grandes y expresivos y los bordeaban una hilera de pestañas que parecían postizas. Su nariz era pequeña y respingada, y sus gruesos labios formaban un corazón casi perfecto.

—Bueno, me he visto obligada de disuadir algunas reglas a favor de la justicia,—, continuó Namazzi contemplando el rostro de su hermana como si se tratara de una obra de arte. El suyo y el de Achén tenían las facciones típicas de los oriundos de su país: rostro grande y redondeado, nariz chata, y labios gruesos.

—No me hables con palabras finas. A cada rato rompes las reglas. Ahora, ¿cuantos niños tienes en tu clase?

Y ¿qué pasaría si el dueño se enterara de que andas recibiendo en tu salón a todo niño sin recursos financieros de esta aldea?—, inclinó la cabeza hacia abajo para poder mirarle a sus ojos, —Te estoy hablando, Namazzi,—, y volvió a pausar. —Papá... bueno, mejor dicho, tú padre gastó mucho dinero para que fueras a la universidad con el deseo de que enseñaras en Kampala. No en este pueblo de miseria,—, Pausó para apretar los labios. En esta ocasión no le recordó que en cambio ella había sido adoptada de una esclava quien les había trabajado a ellos, y por tanto, no tuvo la esmerada educación de Namazzi.

—Baja la voz hermanita,—, ordenó Namazzi echándoles un vistazo a las niñas. Achén había pelado un banano y se lo pasaba a Dembe. Por primera vez, la niña huérfana sonreía.

—¿Y tanto estudio y dinero invertido en ti para qué?—, continuó Masiko, —¡Mira dónde estás! Malgastando tu tiempo aquí mientras tu hija sufre las consecuencias de tus malas decisiones.—.

—¡Suficiente, Masiko!—, Namazzi alzó la voz llamándoles la atención a las niñas. Dembe dejó de masticar el pedazo de banano y Achén quien se había encaramado a una butaca y revolvía la sopa con la descomunal cuchara, se frisó.

—Achén, baja ya del taburete. Dembe, toma asiento en la mesa que ya te sirvo tu cena,—, ordenó Namazzi empinándose frente a una alacena llena de loza. De ella tomó dos platos hondos, abrió un cajón y de allí agarró algunos utensilios, y se dirigió a la olla y de ella sacó dos cucharadas llenas de sopa y llenó cada plato.

—Si el director llegara a entrar en este momento yo le diría que Dembe está cenando hoy por mí.—. Se dirigió a la niña y la alzó al fregadero donde le lavó el rostro, la garganta, y las manos. La llevó a una pequeña mesa con tres sillas donde ellas comían las dos cenas del día: desayuno y cena.

El dueño del plantel hubiera permitido que ellas comieran las tres comidas tradicionales a cambio del servicio de las hermanas... pero como Achén estudiaba en la escuela y no pagaba, era justo según él que en cambio las tres ingirieran dos comidas diarias.

Namazzi sentó a Dembe en el asiento destinado para ella, y colocó el plato sobre la mesa.

—Disfruten de la sopa, niñas,—, dijo Namazzi mirando aterrorizada la puerta de vaivén la cual se sacudía con las fuertes pisadas de los alumnos del segundo piso.

La nueva vivienda de la familia Lloyd era amplia. Estaba dotada de cuatro habitaciones, igual cantidad de baños, y la sala y el comedor eran el doble del tamaño de la casa victoriana de North Beach. —Lo que le hace falta es encanto,—, Zenobia lo repetía hasta que se cansó de hacerlo. De todos modos, ya no regresarían a la antigua *casita de muñecas*. Lo positivo de la nueva vivienda era que cada quien tenía una habitación cómoda.

La recámara de Zenobia era cuatro veces el tamaño de su vieja alcoba. Bueno, mientras vivieron en la residencia victoriana, había dormido en el cuarto de estudio. Este carecía de closet, de ventana, y obviamente, de baño. Su ropa había estado apiñada en el closet de su hermana y compartían un diminuto baño.

Ahora tenía su propio lavabo y lo mejor de ella era la ventana salediza dotada con un módulo para leer.

Carol le acondicionó a la butaca de la ventana una colchoneta larga para permitirle a Zenobia leer con las piernas estiradas mientras miraba afuera. El paisaje a la fila de nogales también era gentil a la vista.

¿Cómo será la nueva escuela? Zenobia meditaba mientras se abotonaba su chaqueta favorita de mezclilla. Al bajar a la cocina, ya su papá tenía preparado panqueques, huevos revueltos, y tocino de pavo. El humeante chocolate con olor a canela estaba servido en la fina losa de té de Carol. Talula devoraba todo mientras la mamá las observaba con orgullo.

—Me voy al trabajo,—,.dijo Carol, —Espero les guste la nueva escuela. Hank; ya sabes el horario de las niñas, por favor recógelas unos diez minutos antes porque habrá mucho tráfico a la entrada del colegio.—.

Zenobia se frunció al pensar en la reacción de los estudiantes al verlas llegando y saliendo del Viajero. A la preocupación se le agregaba temor porque era la primera vez que no atendería la escuela con su hermana. Ella iría a otro colegio.

Uno de los muchos atributos de Talula era que vivía el momento. Mientras disfrutaba su desayuno, su mente se negaba a anticipar los posibles acontecimientos desastrosos en su nuevo colegio.

En cambio, a Zenobia la angustia le había quitado el apetito y de su plato, sólo probó un poco de cada cosa.

Hank primero condujo a Zenobia al colegio Elemental de Berkeley. Mientras observaba el plantel, parpadeó varias. Le pareció estar viendo visiones. Talula soltó estas palabras que no tuvo necesidad de meditarlas: —¿Esta es una escuela primaria?—, parecía una universidad privada.

Su fachada estilo escocés acentuada por equidistantes molduras a lo largo y ancho de las paredes le aportaban un toque de refinamiento de realeza al gigantesco edificio. A través del espejo retrovisor, Hank pudo observar los rostros de sorpresa de sus hijas.

—Sí, es una belleza, y el colegio de Talula también lo es,—, dijo él saliendo del auto. Dio la vuelta y le abrió la puerta a Zenobia. Ni ella ni él notaron las risitas que Viajero le ocasionaba a cada niño que sentaban mirada en él.

—Gracias, papi,—, dijo ella.

—Que disfrutes mucho tu nueva escuela,—, dijo él aguantándose el deseo de darle un beso. *Se avergonzará,* meditó él entrando al coche. Esperó hasta que su hija llegara al último escalón de la escalera.

Ella mientras tanto tenía la mirada clavada en la puerta de hierro y madera. Una vez la abriera y caminara adentro, ya su vida nunca volvería a ser igual. Haló de la ornamentada manija, entró y caminó, caminó, y caminó, hasta llegar al fondo del pasillo y se le olvidó mirar los rótulos de las puertas a cada lado del corredor.

Su mirada estaba fija en una pintura de una de sus artistas favoritas, Rosa Bonheur, titulada, *Arando la Tierra*. En ella una sucesión de bueyes araban un angosto terreno. Al lado un viejo, tan parecido a su abuelo, les indicaba el camino.

Los ojos de inmediato se enlagunaron. Instintivamente llevó las manos a los bolsillos y del derecho, extrajo el frasco de lágrimas artificiales. Ahí mismo encontró un estuche de plástico con pañuelos de papel. Se encontraba ante dos escaleras que se encaracolaban a cada lado del pasamano de hierro.

Abajo se escuchaba una algarabía de chicos. Bajó enjugando las lágrimas y sosteniendo al lado de la mejilla derecha el frasco de gotas para ojos resecos para de tal modo, justificar su llanto. En este momento le agradecía mentalmente a su mamá por mantener pendiente de abastecerle los bolsillos con suficientes suministros para su síndrome de ojo reseco lo cual la resguardaba de un sinnúmero de momentos vergonzosos.

Aunque los chicos poco le miraban el rostro, sí observaban y cuánto le criticaban su vestimenta. Para empezar, la chaqueta parecía salida de un barato almacén de segunda mano. Su pantalón de mezclilla para empeorar, le quedaba ancho de cadera y no tenía ni un solo roto. Además, el tono azul oscuro de la tela era tan anticuado como la chaqueta y la blusa blanca debajo de aquella le otorgaba aburrimiento a la ya insultante apariencia.

—¡Uuf!—, gimió Lucinda, una chica del grupo popular, —La entrada de algo tan irritante a la vista debía ser prohibido en este colegio.—. Su rosca de amigas aprobó el comentario y se congregaron con ella soltando fuertes carcajadas. Sin embargo, para Zenobia, el recuerdo del abuelo con ella en la finca era más grande que su herido ego.

La campana estaba sonando y una señora con la figura de un dibujo de palitos, pasaba apresurada por el pasillo gestionando constantemente un sí con su cabeza y cerrando y abriendo los ojos repetidamente. Se ubicó al lado del grupo y ordenó, —Niñas, ya sonó la campana, diríjanse a sus clases.—.

—Disculpe,—, Zenobia le llamó, —¿me podría indicar dónde está la clase de quinto grado?—.

—¿Obviamente es tu primer día de colegio,—, dijo ella apretando los ojos fuerte al pronunciar la última palabra.

—Si, señorita.—. El grupo popular todavía estaba pegado al piso, riéndose. Otros niños que no tenían idea del chiste, siguieron su ejemplo.

—Sígueme a la oficina,—, le indicó la señora meneando su cabeza de arriba abajo y aligerando el paso a un trote. —Te registraré y te daré tu horario con tu lista de clases.—. Zenobia corría a su lado mientras exprimía el gotero sobre sus ojos. Estaba pensando en el colegio de North Beach con su amplia cancha de fútbol, del personal, y sus amigas.

—¿Te sientes bien?—, preguntó ella clavándole una mirada suspicaz, mientras subía saltando las escaleras y agitando la cabeza. Eran de la misma estatura. Zenobia sabía que su altura le agregaba más a la desventaja de no poder pasar desapercibida.

—Sí. Sufro de resequedad de ojos,—, respondió Zenobia procurando disimular su voz quebrantada.

—Ah, entiendo. Sí, si, y yo sufro de un arsenal de males, de modo que NO estás sola. Eso sí, no puedes entrar a mi club de achaques porque estarías en desventaja conmigo.—.

Zenobia se sonrió. —Me puedes llamar señorita Altamisa, y cuando tengas alguna pregunta o problema, ven a mi oficina para que hablemos. Soy la consejera del colegio.—.

Zenobia sintió en su pecho el mismo alivio que sentía en sus ojos resecos cada vez se echaba las gotas.

La señorita la presentó a todo el personal de la oficina, le empacó en su maletín el manual escolar, un mapa de la escuela, su horario de clases, le dio una excursión por todo el colegio, la llevó a su primera clase, y la presentó al salón con estas palabras, —Señora Finley, tengo el gusto de presentarle a la señorita Zenobia Lloyd.—.

A quien se dirigía era a una señora tan diminuta como una niña de cuatro años. Su enanismo era incuestionable y el tamaño de la cabeza parecía haber sido donado por alguien muy grande.

La señorita Altamisa continuó, —Damas y caballeros en desarrollo, aquí les presento a la señorita Zenobia Lloyd. Ella viene de North Beach. Es su primer día en la Escuela Elemental Berkeley. Espero le demuestren todo lo que representa este instituto y nuestra comunidad. Bienvenida a tu nueva escuela, Zenobia.—.

—Por favor busca una silla vacía,—, ordenó la señora Finley, y agregó, —bienvenida.—. Su voz no estaba al nivel de su estatura. Era fuerte y segura.

Mientras Zenobia se apresuraba a la última fila de pupitres donde había uno convenientemente arrinconado al lado de la ventana, los niños se hicieron de lado evitando el roce de ella al pasar.

La maestra tomó una escalera de mano con cuatro escalones de debajo de su escritorio y la ubicó al frente del pizarrón. Subió hasta el último escalón y estirando su corto brazo, escribió: Noviembre 26, del 2016, Estudios Sociales: El estudio de la sociedad donde vivimos.

La señora Finley le acaparó toda la atención a Zenobia. *Con esa voz podría ser cantante soprano,* pensaba ella. El movimiento de su mano al escribir a veces parecía estar dirigiendo una orquesta y en otras creaba la ilusión de estar deslizando el arco sobre las cuerdas de un violín.

—Alumnos,—, voceó ella bajando de la escalera, —este año escolar vamos a aprender más de la sociedad donde vivimos a través de un proyecto social.—. Los chicos se miraron unos a otros con ojos de pánico.

Sabían que la señora Finley lo que le faltaba en estatura le sobraba en exigencia.

51

—No vean esta tarea como algo difícil,—, ella continuó, —más bien considérenla como una obra de crecimiento personal. Van a elegir una causa social que ustedes sientan la necesidad de mejorar.—.

Los niños empezaron a protestar en voz baja.

—¡Las objeciones son inaceptables!—, dijo recio. —¿Acaso no han escuchado que el futuro del mundo está en las manos de los niños? Eso es cierto, y en mi clase ustedes van a tener la oportunidad de mejorar el mundo antes de terminar este año escolar.—.

Mientras los fines de semana traen alegría a la mayoría de los niños en países occidentales, para muchos niños de aldeas pobres del África, es la peor parte de la semana. Esto es porque en estos sitios no hay mucho qué hacer fuera de la escuela.

Había pasado doce horas desde la tragedia en el palacio del rey de Uganda. Dembe, la hija del guardia quien había sido asesinado en el palacio, dormía secretamente en el internado donde vivía Namazzi, la profesora de la escuela de Kasese, con su hija.

Masiko, la hermana de Namazzi, le subía comida a la niña dos veces al día. Esta consistía de cualquier cosa que ella pudiera comprimir discretamente dentro de talegas. Emparedados o la avena de maíz mezclada con maní metidas en bolsas plásticas resultaban convenientes porque se podían deslizar dentro de los bolsillos sin llamarle la atención del director.

Ella subía a la habitación de su hermana con una escoba en la mano y recogedor de basura en la otra, para dar la impresión de que iba a limpiar. Aparte de Namazzi, ella era la única quien cargaba las llaves del cuarto de su hermana y de los demás estudiantes.

—Mucho silencio,—, le susurraba a Dembe cada vez que llegaba con comida. La advertencia era innecesaria. La niña era tan callada como un ratoncito y mantenía sentada y abrazando sus rodillas, en el closet en medio de la ropa de Namazzi. —Hoy mi hermana va a venir por ti para llevarte a una aldea vecina. Te reunirás con otros niños. Te vas a divertir. Ven te visto,—, dijo bajando del fondo del closet un gancho con el más fino vestido de Achén. —Este traje te quedará bien. Eres de la misma talla de mi sobrina.—.

Le quitó el vestido que traía puesto. Era evidente que se había arrastrado mientras huía de la balacera ocurrida en el palacio. La parte frontal de la falda estaba rajada y evidenciando cuando aterrorizada viera a su padre colapsando al enladrillado suelo del jardín del palacio, la parte trasera del vestido estaba reducida a tiras. Sus muslos y el trasero estaban cubiertos de sangre seca.

—Te voy a dar un refrescante baño y te sentirás como nueva. ¡Ah, imagino que te preguntarás cual es mi nombre!

Me llamo Masiko, y soy la hermana de tu nueva maestra,—, continuó ella mientras cargaba al baño a la niña. —Solamente en el cuarto del rey verás este lujo de tener lavabo en una habitación. No obstante, esta comodidad tiene un precio muy alto, pues mi hermana es como una esclava del dueño de este plantel. Por vivir aquí con su hija y por yo cocinarle a los 150 alumnos internos y tener una recámara, ella se sacrifica. Podría devengar mucho más en la capital, pero…,—, aquí reconoció que se estaba desahogando con una pequeña.

Al meterla a la bañera se sonrió de verla tan feliz. —Nunca habías visto una de éstas, lo sé, nadie aparte del rey, el director del plantel, y mi hermana, se bañan en una tina. Te gustará más cuando la llene,—, dijo abriendo el grifo y cubriendo el sifón con el tapón plástico. Al agua le agregó un chorrito de champú lo cual fue suficiente para aportarle a la bañera pompas multicolor.

Dembe se echó a reír. Masiko no quiso callarla. Sabía que era la primera vez que lo hacía desde la muerte de su padre. —Juega en tu piscina mientras limpio la habitación,—, dijo saliendo del cuarto de baño y cerrando la puerta. Dembe estaba chapoteando en el agua y soltando risillas. *¡Ay Dios, ensordece al director!* Masiko oraba.

Namazzi no tardó en entrar a la habitación con Achén. Le cubrió la cabeza a Dembe con un sombrero obsequiado a su hija por la mamá de una de sus amigas quien trabajaba en una fábrica de ropa. Salieron de prisa de la habitación. Masiko llevaba de la mano a Dembe y le susurraba que bajara la cabeza para que el director no fuera a darse cuenta que se trataba de una niña nueva en el plantel y lo más aterrorizante que no estaba pagando la cuota estudiantil. Aquello las pondría a todas afuera en la calle.

Faltándoles dos escalones para llegar al primer piso, escucharon la voz estruendosa del director entrando al colegio. Masiko se apresuró con Dembe a la cocina, y Namazzi con su hija se encaminaron a la puerta principal. Él entraba con dos señores vistiendo trajes estilo sastre de paño con corbatas. La vestimenta agraviaba a la vista a sazón del insoportable calor y los señores sudaban profusamente.

—Buenas tardes, Doctor Akello,—, saludó Namazzi procurando moderar su voz trémula.

—Señorita Namazzi,—, llamó el doctor Akello mostrando sus dientes tan amarillos como una cananga. El dueño de la escuela no sabía leer ni mucho menos escribir. La escuela había sido la herencia recibida por su padre al morir.

Para aparentar tener la habilidad de un director de una escuela prestigiosa, contrató a un calígrafo y le entregó un grueso papel de cartón y fotos de un diploma real con el sello y la firma del presidente del departamento de medicina de la Universidad de Kampala. En la cartulina, el calígrafo escribió su nombre y el título que lo asignaba como doctor de medicina de la reconocida universidad de Uganda. Hoy el diploma colgaba frente a su escritorio y el médico de mentira se enorgullecía al contemplarlo.

—Traje a estos caballeros para mostrarles el colegio y para que con suerte, se animen a ser parte de su crecimiento.—. Entre tanto, los dos señores estaban tan absortos observando el pasillo del plantel que no se percataron de ellas.

—Mucho gusto, —, dijo Namazzi sintiendo que su corazón se salía al ver a los tres señores entrando a la cocina. Para entonces, Masiko ya había escondido a Dembe dentro de la lacena de limpieza y trapeaba una y otra vez las cuatro baldosas al frente de donde ella mantenía sus suministros de limpieza. Los visitantes le clavaron una larga mirada a Masiko y sonrieron.

—Es la cocinera del colegio,—, dijo el doctor Akello, —como se pueden dar cuenta, yo solo empleo a las mejores especies femeninas.—.

Masiko sintió un torrente frío subiendo sus vértebras. Recordó a su esclava madre quien verbalmente había sido verbalmente maltratada por los señores y para prevenirle la misma desgracia a ella, se la dio en adopción a su amo. Mordiéndose la lengua para evitar soltar alguna ofensa, les dio la espalda y siguió trapeando. Una vez las voces de los señores se esfumó, ella salió al pasillo. Como no había nadie, se apresuró a la lacena y sacó a Dembe.

Sudaba de calor y susto. Las dos salieron al arenoso y extenso antejardín donde Namazzi y Achén perspiraban esperando a Dembe. Iniciaron la caminata a la propiedad de la señora del warayi la cual quedaba a una hora de distancia. El calor y el sol intenso ocasionaron que las tres empaparan su ropa.

Casi a una milla de distancia se veían las acacias formando un toldo sobre la propiedad y a unos metros de aquella se empezaban a ver los estragos ocasionados por la bebida alcohólica. Varios señores de la aldea y de los alrededores, estaban tirados en el suelo arenoso como gajos de acacias caídos; unos bocabajo y otros con las caras al ardiente sol. Allí se acentuaba el acaloramiento por el humo atrapado entre los árboles y las dos fogatas llameantes: la de la descomunal olla del warayi y la de la fogata de fuego abierto donde asaban un ternero.

—No ha empezado la tarde y estos hombres ya están gastados,—, se quejó Namazzi prefiriendo usar aquel término a cambio del más apropiado: *borrachos*. Su ex esposo, el papá de Achén había caído en el vicio del alcohol después de la muerte del hermano gemelo de Achén. —¿Por qué fue él a cambio de ella?—, estas ofensivas palabras las repitió suficientes veces para incentivar a Namazzi a pedirle el divorcio, encontrar una aldea lejos de la capital donde vivían, y conseguir trabajo de maestra en Kasese.

—¡Achén! —, llamó Sanyu, el hijo de la señora fabricante del warayi. Corrió al encuentro de ellas empuñando una bola peluda con ambas manos.

—¡Es el tigrecito!—, voceó Achén. Dembe se rió por segunda vez, y Namazzi exclamó, —¿Es un tigre de verdad?—. Entretanto el cachorro pataleaba mirando al suelo. Era evidente que la pequeña fiera estaba deseosa de enterarse de dónde emanaba el delicioso aroma. Las manos de ambas niñas saltaron sobre el peluche rayado. Namazzi lo observaba no dando crédito a sus ojos.

—¿Lo puedo alzar?—, preguntó Achén.

—Si, claro,—, contestó Sanyu. —Y tú eres la niña nueva de la escuela,—, afirmó él volteando su mirada a Dembe y recordando que ayer había estado afuera del aula mientras los carros de la policía pasaban arreados detonando las sirenas.

—Me llamo Dembe,—, dijo ella en un susurro. Achén le puso en sus manos al cachorro y los tres niños riendo, se congregaron con otros menores a un costado de la fogata. Los padres de los niños ahí presentes babeaban y hablaban sandeces. Namazzi apretó los labios fuerte, y se dirigió a la enorme olla de warayi.

—Señora Gimbo,—, Namazzi llamó en voz alta. A la señora apenas se le veía el ruedo del vestido a un lado de la olla de barro. Ella la ignoró y continuó metiendo leña debajo del recipiente.

—Vengo a lo mismo de cada mes; a recoger la cuota mensual de la escuela,—, dijo dando la vuelta alrededor de la vasija para encarar a Gimbo. Ella tomó un taburete y lo puso al frente de la estufa. Cargaba un palo macizo en forma de cuchara en una mano, y con ambas se puso a revolver el contenido.

El aroma emanando del recipiente de barro era una mezcla de banano y alcohol. Detrás de Gimbo había un tumulto de cáscaras de la fruta en forma de montaña. —Señora, créame, me apetece tanto venir aquí como a usted le agrada mis visitas, pero usted no me deja otra alternativa.—.

—No tengo dinero,—, gritó Gimbo.

—Señora, —, contestó Namazzi apretando los dientes, —usted es la persona más adinerada de la aldea, no me venga con cuentos.—.

—No tengo suficiente para la mensualidad,—, respondió ella elevando el volumen de la voz.

—Por favor no hable tan recio que podría escucharla Sanyu,—, Namazzi miró a cada lado del patio en busca de los niños.

Ellos seguían jugando con el tigre. Sanyu se puso de pie y dijo, —Miren, ya están sirviendo la comida. Le voy a traer cordero al cachorro.—.

—Yo se que usted no tiene idea de lo inteligente que es su hijo, señora, y él merece un buen futuro.—.

—Pues páguele los estudios. Yo no tengo dinero,—, le contestó la señora del warayi. La piel de Namazzi se le erizó como si estuviera haciendo un frío intenso.

Se alejó de la estufa y buscó al papá de Sanyu con la esperanza de encontrar en él al menos por hoy, a un hombre disponible a colaborar con ella. Lo encontró tirado al lado de la caneca de basura donde un mosquero revoloteaba sobre los desperdicios de piel y de intestinos del cordero que acababan de asar.

Mientras comer es una actividad tan apreciada y hasta venerada en los países subdesarrollados, para muchos residentes de países desarrollados, resulta una rutina poco valorada y hasta intimidante.

Zenobia estaba en la cafetería de su nueva escuela sentada sola ante una mesa donde bien podrían comer doce personas. La bandeja del almuerzo estaba sin tocar y ella la escudriñaba como si la pechuga de pollo gratinado, las papas al vapor, y los vegetales, tuvieran poderes paralizantes.

Los niños de otras mesas comentaban de lo desagradable que era compartir el colegio con una chica tan *vainilla*. Ni las uñas tenían un poco de brillo encima.

El pelo lo llevaba en una simple cola atado a la nuca, de la vestimenta… bueno, desde su primera aparición en el corredor de la escuela, demostró ser tan anticuada como el dinosaurio del automóvil del papá. Algunos desafortunados niños cuyos ojos todavía estaban lastimados por haber sentado mirada en Hank comentaban que parecía un hippie anticuado.

Era el segundo día en la nueva escuela y Zenobia se preguntaba cómo iba a poder terminar el año escolar. Para empezar, la profesora de estudios sociales le había asignado una tarea consistente en darle solución a un asunto social para mejorar la comunidad. *Ja, ni siquiera tengo idea de cómo solventar mis propias dificultades,* pensaba ella. Apoyando los codos sobre la mesa, tomó su cabeza con ambas manos aterrorizada porque hoy tendría que presentar su objetivo comunitario. *La profesora sólo dio el fin de semana para este proyecto,* meditaba ella frustrada. Lo peor era que el alumnado lo tendría que presentar ante la clase.

Lo único que se le ocurría solucionar si tuviera una varita mágica para hacerlo, era la mentalidad tonta de los niños del colegio. Además durante el fin de semana estuvo muy ocupada y no tuvo tiempo para pensar en la tarea de estudios sociales. El sábado arregló su habitación y había terminado las tareas de matemática, lectura, y arte.

El domingo, día para pasear con la familia, habían visto un documental presentado por la universidad de Berkley titulada, *Niña Elevándose, (Girl Rising)*. Carol había elegido esta película para hacerles reconocer a sus hijas de las dificultades por las que pasan las mujeres de países subdesarrollados para poder estudiar. Para Zenobia la intención de la mamá era obvia; ella quería que sus hijas valoraran sus nuevas escuelas.

Algo así como cuando te sirven brócoli y tu mamá te dice, —¡Mira que bendición tienes de poder comer brócoli! Muchos niños pobres no tienen tu suerte, cómelo con agrado.—. Mientras tu estómago se retuerce no más con el olor del nefasto vegetal. *Bueno mami, entonces enviemos el brócoli a los niños pobres,* pensaba Zenobia, aunque la película si la había impactado mucho.

Ni había podido dormir pensando en ella. El documental mostraba la vida de jóvenes y niñas que para poder pagar los estudios se sometían a desempeñar los peores trabajos. Esas imágenes y el testimonio de ellas, todavía los tenía en su mente.

Angelina, una de las niñas quien imponía la alta costura en el colegio, reunió a su grupo de acicaladas amigas y se congregaron frente a la mesa de Zenobia. Angelina puso los codos a un extremo de la misma y dijo, —¿No sientes vergüenza de vestir de ese modo?—.

Hay momentos en que las fuertes emociones nublan la razón. Esto sucede cuando estás por ejemplo, muy absorta en tus pensamientos angustiosos como le pasaba a Zenobia en este momento recordando a las jóvenes de la película. No meditó las consecuencias de sus palabras antes de responder. De haberlo hecho, no hubiera contestado de la manera en que lo hizo:

—No, no me avergüenzo, fíjate. Es más, siento que la popularidad así como darle tanto valor a la moda y a la apariencia física, es tonto.—. Zenobia se impactó tanto por su respuesta así como el grupo de niñas. Bueno, en realidad, los demás niños de las mesas adyacentes escucharon la respuesta de Zenobia porque ella la dijo recio, por el estilo de la señora Finley, y empezaron a comentarlo. Nada semejante había sido dicho por una niña.

Aquellas palabras eran apropiadas para padres y salido de sus bocas era tan imposible de creer como la teoría que los vegetales eran buenos para la salud. Muchos de sus dichos y sus consejos *entraban por un oído y salían por el otro*. Estas también eran afirmaciones de los padres.

Lo cierto es que los chicos quedaron sorprendidos y con las bocas abiertas. La respuesta de la niña nueva no se les podía salir ni aunque bombearan sus oídos. Zenobia destapó los cubiertos de la bolsita plástica y empezó a comer.

Ahora sentía rabia. El grupo popular de la escuela la estaba mirando. No tenía idea de las repercusiones de su respuesta aunque sí esperaba ser odiada y acosada sin piedad. Eran muy criticonas y tenían el poder de convencer a los estudiantes de grados inferiores.

—Uuf,—, se quejó, —si no se quieren sentar en esta mesa, vayan a otra,—, quiso terminar la frase con, *y déjenme en paz,* más sabía que cualquier pedido de ella sería motivo de mayor acoso. Entonces guardó silencio.

Angelina estudió el rostro de Zenobia. Llevaba el ceño fruncido. Hablaba en serio.

—Se atreve a hablarnos de ese modo,—, esto se lo secreteó a Ana, la amiga del lado quien como ella y como el resto del grupo, se admiraban de su osadía. En la escuela Zenobia estaba sola. La podían hacer trizas y no obstante, seguía comiendo e ignorándolas. Angelina volteó la espalda y se encaminó a su mesa, seguida por su grupo.

Zenobia respiró profundo. Estaba todavía intacta y su almuerzo aún seguía en la bandeja. Al terminar sintió satisfacción. Primero, porque mientras más meditaba de cómo le había hablado al grupo popular de la escuela, se llenaba de seguridad, y segundo, porque la clase de estudios sociales había sido aplazada para la última hora, durante el horario de la clase de arte.

Las horas extra le daría la oportunidad de pensar en su proyecto de estudios sociales. Zenobia aprovechó la hora de recreo para preguntarle a Google, el sitio más sabio del Internet acerca de los problemas mundiales. La lista de los cinco peores estaba en este orden:
1. El hambre. 815 millones de personas sufren por carencia de alimento.
2. La desigualdad. En cuanto al género, las mujeres ocupan menos de un tercio de los puestos ejecutivos.
3. La contaminación ambiental la cual contribuye al calentamiento global debido a la emisión de gases a la atmósfera como el dióxido de carbono.
4. La dificultad de acceso al agua potable. 844 millones de personas no tienen suministro de agua potable.
5. El desplazamiento forzoso de personas para salvar sus vidas debido a conflictos. Más de 65 millones de personas son forzadas a abandonar sus hogares y 22 millones de ellas son refugiados.

De todos los mayores problemas del mundo, el último la afligió más porque se sentía identificada con ello. Había sido forzada de dejar North Beach; su ciudad amada, su escuela, y amigas para ir a un lugar hostil. Sentía la mirada pesada del grupo popular que todavía comentaba acerca de su atrevida respuesta a la sensata pregunta de ellas.

Entretanto, el resto del colegio esperaba la actitud del grupo presidido por Angelina para saber cómo tratar a la niña nueva.

La campana a la última clase sonó y los estudiantes del quinto grado entraron con caras largas al salón de la señora Finley. Ella no perdió tiempo en preguntar por la causa social escogida por cada uno de los estudiantes.

La mayoría querían paz mundial aunque no tenían idea de cómo podrían imponerla. Dos deseaban mejorar el transporte público para evitar estancamiento en el tráfico a la hora de ir a la escuela. Angelina y su grupo les urgía proponer un curso de cómo vestir con buen gusto. Ellas sí tenían una estrategia para la divulgación de dicha proyecto: lo harían a través de las redes sociales. La señora Finley las felicitó por ser el único grupo que había pensado en la propagación del proyecto.

Ahora le tocaba el turno a Zenobia. Los chicos empezaron a reírse y voltearon sus cuerpos a dirección de ella mientras observaban la reacción de Angelina. La líder de la rosca popular no quería perderse de una sola palabra dicha por la nueva estudiante. Le sobraba atrevimiento, ahora quería saber si también tenía la solución a un problema social.

Zenobia había memorizado las cinco mayores aflicciones del mundo actual. Ahora le tocaba hablar de uno y darle solución. En cambio, recordó la película de ayer: Los rostros de las niñas, sus dificultades para poder pagarse los estudios, y sus deseos de estudiar. Se puso de pie, respiró profundamente y dijo, —Yo propongo pagarles el estudio a muchas niñas de países subdesarrollados.—.

La señora Finley abrió los ojos al máximo. Los chicos emitieron un ruidoso —¡¿Aah!?—, una mezcla entre interrogación y admiración.

—¿Haz pensado en un país específico?—, preguntó la maestra.

Zenobia pausó para pensar. Cuando el grupo popular empezó a reírse, ella respondió: —Uganda.—.

A la profesora Namazzi todavía le ardía los oídos al recordar la respuesta de Gimbo, la señora fabricante del warayi, a sus palabras: —Vengo a recoger la cuota del colegio.—. Era su diligencia de cada mes. A lo que Gimbo respondió: —Páguela usted porque yo no tengo dinero.—. *Vaya descaro,* pensaba Namazzi, la señora del warayi era, sin importar el género, el individuo más adinerado de la aldea. Su esposo no necesitaba levantar un dedo y bien lo aprovechaba emborrachándose todos los días.

Namazzi hubiera podido evitarse las largas caminatas a la lejana propiedad en su único día libre pero Sanyu, el hijo de Gimbo era uno de los alumnos más estudiosos e inteligentes del salón y merecía estudiar.

Hoy Sanyu llegó a la escuela sudando profusamente y con los ojos hinchados. Se notaba que había llorado por varias horas.

Encontró un espacio debajo de la ventana frontal y allí se sentó en el suelo al lado de Mukasa, su mejor amigo.

—Mi mamá no quiere pagar la cuota mensual de la escuela,—, se quejó Sanyu. Quería gritarlo para así desatar el nudo de la garganta. —No puedo quedarme en casa y ver todo el día a gente borracha,—, bajó la mirada. Estaba cargada de impotencia y vergüenza. —Mi papá no para de hablar tontadas. Cuando era chico me hacía reír, pero ahora que estoy grande me apena. Él no hace nada más que tomar warayi, y mamá no para de quejarse, sin embargo, le sirve taza tras taza de licor porque él se la exige. —.

—Entonces, ¿por qué le obedece?—, acertó Mukasa, —si le sigue haciendo caso tu papá siempre será un borracho,—, lo último se lo secreteó a Sanyu. Sabía cómo se sentía la vergüenza. Él la aguantaba todos los días al llegar a su casa. Su padre trabajaba en las minas Kilembe extrayendo cobalto, y no perdía la oportunidad de avergonzarlo porque Mukasa se empeñaba en ir a la escuela a cambio de trabajar como él en las minas. Decía que no pagaría un centavo de la cuota estudiantil porque era una pérdida de tiempo. La verdad era otra. Lo poco que ganaba no era suficiente para pagarle la escuela a su hijo.

Esto le añadía a su frustración y también porque Mukasa rehusaba seguir la ocupación de minero. —Es allí donde está tu futuro,—, se lo repetía constantemente deseoso de encontrar validez en su hijo. Los fines de semana le obligaba ir con él a las minas. Aunque su mamá le imploraba que lo dejara en casa con ella para disfrutar de su compañía y para tener la oportunidad de llevarlo a caminar por los alrededores de su aldea donde la naturaleza abundaba, algo que Mukasa tanto amaba, el papá se lo negaba.

—Si mamá le desobedece papá le pega, y cuando se emborracha se pone más violento,—, Sanyu se lo secreteó. Mukasa guardó silencio. Igual pasaba con su padre. Cada vez que su mamá quería imponer un deseo grande o chico, como ir a trabajar para costearle los estudios a su hijo, o salir a pasear con él, el papá respondía con un grito o con una bofetada.

La señora Namazzi había terminado de escribir en el tablero, *¿Qué es el Internet?* Los estudiantes cuyos padres pagaban la mensualidad de la escuela, tenían cuadernos y lápices con qué anotar las explicaciones de la profesora. Achén arrancaba una hoja de su cuaderno y se la pasaba a Dembe, la niña nueva quien hacía una semana había quedado huérfana.

A Nasiche, la hija de una costurera local, ya se le había acabado el papel para anotar, y miraba con ojos suplicantes a cada niño con cuaderno. Hoy todos la ignoraban. Ya habían perdido varias hojas y no podían seguir sacrificando sus cuadernos.

—¿Cómo está el tigre?—, susurró Mukasa. Ardía en deseos de visitar su propiedad así estuviera plagada de borrachos. Poder alzar a un animal salvaje era para él la cosa más mágica del mundo.

—Le di el nombre de *Erudito,* porque un día eso seremos.—. Respondió Sanyu. Mukasa se cubrió la boca para contener la risa. —Pero mamá se quiere deshacer de él. ¿Te imaginas? Dice que cuesta demasiado tenerlo.—. La risa de Mukasa de inmediato se borró.

—Niños, pongan atención,—, ordenó Namazzi clavándoles una mirada severa. —La clase de hoy es muy importante. Vamos a aprender acerca del sistema de comunicación que está uniendo al mundo entero.—.

Las miradas de los cuatro alumnos sin cuadernos se enfocaron en la boca de la profesora ya que precisaban de la capacidad de la memoria para retener la información y así poder pasar los exámenes.

Mukasa se empinó a echar un vistazo a afuera.

El quejumbroso llamado de la grulla coronada gris, le llamó la atención. Constantemente visitaba los alrededores de la escuela, y por dicho motivo él se apretujaba para sentarse debajo de la ventana. El gran tamaño del ave, su plumaje gris, blanco, y escarlata, coronada con una cresta dorada era un espectáculo. Adornaba la bandera de Uganda; el único país con un ave en la bandera, y lo llenaba de alegría.

El doctor Akello se acercaba en compañía de los dos caballeros quienes habían visitado el internado el pasado sábado. El ave tomó vuelo y Mukasa se desplomó sobre su apretado espacio.

—¿Qué te sucede? —, preguntó Sanyu.

—¡Es el director!—, respondió Mukasa sentando mirada aterrorizante en la profesora. Puntos de sudor frío le cubrió la frente de pensar que el dueño del colegio no tardaría en descubrir a los estudiantes que no pagaban sus estudios. Sanyu, Dembe, y Nasiche, al escucharle, sintieron igual pánico. Achén se aterrorizó pensando en sus compañeros y en las consecuencias para su mamá.

—¿Doctor Akello aquí?—, la mal formada frase había salido de boca de la profesora. Las palabras estaban afines con su mente confundida. Miró a las tres ventanas del salón. Pensó lanzar por ellas a los cuatro estudiantes que no pagaban sus estudios, pero ¿cómo hacerlo?

Si no podia siquiera caminar entre la multitud de estudiantes. En ese instante, el director asomó por la puerta su rostro enmarcado por los gruesos lentes, sonriendo amplio, y mostrando unos dientes tan amarillos como la cresta de la grulla que había huido espantada al verle.

Zenobia esperó a su papá sonriente sin importarle la conmoción que el automóvil familiar les ocasionaba a los niños. La fila de elegantes coches desfiló frente a la entrada del colegio: BMW, Mercedez Benz, Range Rover, Bentley, Cadillacs...

Emparedado entre ellos estaba el anticuado Viajero, prorrumpiendo en quejidos. Los chicos al verle, soltaron a reír. El conductor recorría con su mirada la conglomeración de niños y tan pronto vio a Zenobia, estiró su boca en una amplia sonrisa. Saltó del coche y dio la vuelta para abrirle la puerta.

—Papá, no necesito que me trates como una niña chiquita...,—, le susurró bajando la mirada.

Las risotadas subieron de volumen. Ella sabía que estaban dirigidas a ellos.

—De no haber sido por la clase de estudios sociales, hubiera tenido un día horrible,—, dijo Zenobia observando a su papá arremetiendo contra el pedal del acelerador. Tuvo que apagar el carro dos veces y volverlo a prender hasta que por fin el Viajero se movió con dificultad entre estallidos y una serie de estremecimientos.

—Aaah, Viajero, tú nunca me dejas varado,—, se alegró Hank.

—¿Dónde está Talula?—, preguntó Zenobia.

—Está recibiendo su terapia de lenguaje. Esto se hará todos los días después de terminar sus clases, allí mismo en el colegio,—, explicó Hank sonriente.

Zenobia empezaba a entender el motivo de haberse movido a Berkley. La comodidad que ofrecía la nueva ciudad era incuestionable. Además no estaba tan congestionada como San Francisco.

—De ahora en adelante, tu mami recogerá a Talula de la terapia porque coincide con su horario de trabajo,—, dijo Hank pausando para echarle un vistazo a Zenobia por el espejo retrovisor. Notaba su expresión de satisfacción. Ahora tendrían más tiempo para pasarla juntos.

—Cuéntame, linda acerca de tu clase de estudios sociales… ¿qué hicieron?—.

—El viernes, la profesora nos pidió que escogiéramos un problema social y le diéramos solución.—. Su emoción la hizo pausar. Eran pocas las veces que ella podía hablar acerca de sus proyectos porque Talula era quien siempre ocupaba la atención de sus padres. —Yo propuse pagarles los estudios a niñas de escasos recursos de Uganda. —.

En el mismo instante en que Hank abriera los ojos a su máxima capacidad, y sentara mirada en Zenobia a través del espejo retrovisor, el Viajero dio un quejido y se sacudió fuerte como si tuviera el don del entendimiento. Igual de aturdido estaba Hank. Aclaró su garganta y preguntó, —¿Y cómo propones ayudar a tantas niñas en un país como Uganda?—.

La mente de Zenobia quedó en blanco. No se había formulado aquella pregunta. Sólo sabía de la necesidad de niñas en países del Tercer Mundo que por falta de recursos monetarios no tienen la oportunidad de educarse. Miró por la ventana.

Pasaban por el frente de la universidad de Berkeley, donde muy probablemente, ella un día atendería. La Plaza Sproul, uno de los edificios del instituto, se erguía imponente. Había sido el sitio donde se efectuaron grandes protestas acerca de los derechos a la libertad de expresión, durante los años de 1964-'65, alrededor de cuando naciera Carol.

Ella se lo había explicado a sus hijas. *Yo podría pararme arriba de las escaleras y protestar,* meditaba Zenobia.

Sentando mirada en el espejo por el cual su papá la observaba y esperaba una explicación, ella anunció, —Yo haría una protesta así como la hizo Mario Savio en los años 60s,—, Zenobia se admiró de su respuesta. Lo hizo para no parecerle tan tonta al papá, aunque primero tendría que superar su temor de hablar frente al público.

Hank quedó aterrorizado y se pasó una luz en rojo. —¡Aah!—, gritó él.

—Papi, ¡te pasaste un semáforo en rojo!—, ella dijo echándole un vistazo a ambas intersecciones y deseando que estuvieran ausentes de policías. —¿Qué te pasa, papá?—, inquirió revisando su rostro a través del espejo. La cara de Hank tenía la palidez de un cadáver. En ese instante había volado al año 1970 cuando estudiaba en la universidad de Kent, en el estado de Ohio donde había nacido el abuelo y había deseado que su hijo se graduara de la prestigiosa universidad.

El 4 de Mayo, Hank junto a dos mil personas se congregaron a protestar en contra de la campaña de Camboya donde el presidente Richard Nixon anunciara una serie de bombardeos contra Camboya y Laos.

Aquello Nixon lo planeó a espaldas del Congreso estadounidense violando la Constitución del país. Hank tenía que protestar. Sus amigos y el resto de la universidad estaban de acuerdo. Se congregaron a alzar la voz. Varias veces un conjunto de hombres de la Guardia Nacional, tan jóvenes como los estudiantes, les avisó a los protestantes que se fueran.

Hank y otros, obedecieron y se dirigieron a sus clases mientras muchos se apresuraron al estacionamiento para tomar sus coches. Hank era uno de ellos cuando escuchó un *¡tatatatatatata! ¿Fuegos artificiales?* Pensó Hank, aligerando el paso a dirección del Viajero. No; era una balacera. Nueve jóvenes resultaron heridos allí, en el mismo estacionamiento, y cuatro perdieron sus vidas. William Schroeder, el mejor amigo de Hank, murió en la balacera recibiendo la bala en la espalda.

—¡Nunca vas a participar en una protesta, jovencita, ¿me oyes?—, dijo observándola por el espejo. Zenobia estaba perpleja de escuchar la voz recia de su papá, pues él nunca alzaba la voz. Él le relató la masacre del 4 de mayo de 1970 en la que fuera testigo, de su dolor de haber perdido a su mejor amigo de entonces, y de su promesa de nunca volver a protestar.

—¿Qué le pasó a la familia de tu amigo?—, preguntó ella notando que los ojos de Hank empezaron a enlagunarse.

—La familia Schroeder; el papá Louis, Florence, la mamá, y el hermano menor, Rudy, nunca se repusieron completamente. ¿Cómo hubieran podido? William era el mejor de todos. Era un líder, además de compasivo. Tan raro; él cuidaba mucho su vida. Era vigilante y precavido. Lo opuesto a mí y me aconsejaba que fuera cuidadoso porque la vida era frágil. Mi mamá y los familiares de mis amigos querían que fuéramos un poco como William.—.

A varios pies de distancia al garaje de la casa, Zenobia sintió el delicioso olor a estofado de carne. Hank estacionó el coche y antes que saltara para abrirle su puerta, Zenobia se lanzó fuera del Viajero y estrechó a su papá en un fuerte abrazo.

—Siento mucho la muerte de William.—.

—Yo también, hijita. Ahora, entremos y veamos cual otra causa te pudiera llamar la atención para tu tarea,—, dijo, empujando la puerta a la entrada de la casa. Sobre el estante de la cocina, tenía la olla de cocción lenta Crock Pot, que el abuelo le había comprado en el año 1971, mientras era estudiante universitario. De la vieja vasija salía el exquisito aroma.

Zenobia se frustró de la sugerencia de su papá. Su causa no era únicamente una tarea. Ahora se estaba volviendo en su completo enfoque. Todo el mundo tenía derecho de recibir una educación.

La vida adquiriría más mérito al tenerla. El documental lo demostraba. Cada vez que hablaba acerca del tema de la educación escalaba más el sentido de su importancia. *Su mamá me entenderá más que papi,* pensaba Zenobia. Se frenó de reprocharle su falta de reconocer la importancia de su causa porque lo notaba triste.

Mientras Hank picaba la lechuga y tajaba el tomate para la ensalada, tenía los labios apretados y hasta se le había olvidado poner en la radiola uno de los discos de los años 70s.

Al llegar Carol con Talula, Zenobia les explicó acerca de su tarea. Carol quedó tan perpleja como Talula. Las dos se empeñaron en pescar las palabras más precisas para poder inyectarle una buena dosis de lógica a Zenobia. Para Talula lo más aproximado fue: —Uganda está tan lejos.—.

Carol estuvo de acuerdo con su hija mayor y le agregó: —De dónde va a salir el dinero para semejante proyecto?—.

—Niños, pórtense bien,—, voceaba Namazzi, saliendo del salón de su clase. El director de la escuela tenía el ceño fruncido contando los estudiantes de la clase de la maestra. Cuatro de ellos no pagaban la cuota estudiantil.

—¿Desde cuando, desde cuando, señora Namazzi?—, preguntaba él agitando una mano. Los dos señores que le acompañaban, también protestaban. Ellos querían invertir en un negocio lucrativo y la educación era una de las industrias más productivas de Uganda... siempre y cuando los estudiantes pagaran puntualmente su mensualidad.

Tal no era el caso de Mukasa, el hijo del minero local, ni de Dembe recientemente huérfana, Sanyu, el hijo de la fabricante del warayi, y Nasiche, la hija de una modista local. Los cuatro formaban el grupo de delincuentes.

La producción de ropa en la fábrica donde la madre de Nasiche trabajaba, había aminorado porque el dueño estaba fabricando su colección más importante en la India. Los demás niños tenían otras razones de no pagar. Eran siempre por las limitaciones de sus padres. Sanyu, en este momento le suplicaba al director que le permitiera a él y a sus amigos seguir en la escuela. Pronto tendrían para pagarle.

—¡No repita las palabras de tu profesora!—, le gritó el director, y mirando a Namazzi por encima de las gafas continuó: —Cuando construí esta escuela lo hice porque quería un negocio; no una organización benéfica.—.

Achén, la hija de Namazzi, lloraba inconsolable. Los cuatro niños se tomaron de las manos y caminaron. Lo hacían con la cabeza baja, hombros caídos, y derramando lágrimas sobre el suelo del antejardín cubierto de maleza.

—¿Adónde van niños?—, preguntó Namazzi.

Los chicos se miraron confundidos. En tan sólo dos minutos, no habían tenido tiempo de planear adónde ir.

—A mi casa, creo yo,—, respondió Sanyu.

—No, Sanyu,—, ordenó Namazzi soltando la mano de su hija y apresurándose a ellos. —Mukasa y Nasiche deberán ir a sus casas. Tú, Dembe; quédate por lo pronto en casa de Sanyu. Después te recogeré,—, le susurró a ella.

—¿A qué hora podrá ir por mí, maestra?—, le preguntó Dembe. Estaba temblando pensando que le tocaría quedarse sola en casa de un extraño. Ya empezaba a sentirse en familia con Namazzi, su hija, y con la tía de ella. Eran buenas y la trataban bien.

—Tan pronto termine de enseñar. Amor, anda con Sanyu,—, le dijo llorando mientras forzaba una sonrisa. —Sanyu, cuídela, por favor y no la dejes sola ni un solo instante.—.

—Sí maestra,—, contestó él.

—Estoy esperándola, profesora,—, llamó el director. Ella volteó la espalda a los niños y arrastró los pies a dirección de su jefe. Mantenía la mirada anclada en su hija. Por ella se sacrificaba. Encaró a la cabecilla del plantel. Deseaba abofetearle. Su mano derecha la hormigueaba anticipando el golpe en su cara y su garganta vuelta un nudo sentía el dolor de los niños que había sacado de la escuela. Ellos no tenían nada que hacer fuera de la clase. Sanyu y Dembe irían a la propiedad donde los hombres de la aldea se congregaban para emborracharse.

Nasiche iría a meterse debajo de la mesa donde su mamá cosía ropa, y Mukasa no tendría dónde escapar de los abusos de su papá.

Entretanto, los niños caminaban en silencio. A unos pies delante de ellos, la crepitación de unos arbustos los hizo detenerse. Era la grulla saliendo de entre los matorrales.

Mukasa sintió un cosquilleo mágico en la barriga. Aquella sensación la llamaba *el llamado a la naturaleza* la cual sentía cada vez que contemplaba la especie de un animal asombroso, un arbusto, árbol especial, o una flor hermosa. La grulla se adelantó a ellos aleteando fuerte y tomó vuelo.

—¡Qué ave tan maravillosa!—, dijo Mukasa.

—Ya debías estar acostumbrado a ella, pues siempre la ves en la escuela,—, pausó Sanyu…—o más bien, la veías.—.

—No podría imaginar mi vida sin ir a la escuela,—, musitó Mukasa.

—Ni yo,—, continuó Nasiche.

Los amigos voltearon a mirar a Dembe. Ella mantenía la mirada anclada al suelo.

—Estoy seguro que la señora Namazzi va a arreglarnos el problema,—, aseguró Sanyu, —y mientras ella le da solución, iremos todos los días a jugar con el tigre.—.

Todos sonrieron excepto Dembe. Parecía perdida dentro de sus pensamientos. A distancia se escuchaba un coche aproximándose. Nasiche se acercó a su amiga e intentó animarla,

—Le voy a decir a mamá que te haga una falda con los sobrantes de tela de la fábrica donde trabaja,—, agachó la cara para mirarle a los ojos, y continuó, —Mami quiere un día volverse diseñadora de modas,—, quedó en silencio mientras pensaba qué pregunta hacerle a la niña. Lo único que sabia de ella era que su papá había sido asesinado en el palacio del rey. Poniendo un brazo sobre su hombro le preguntó, —¿Dónde está tu mamá?—.

Dembe empezó a llorar y soltó unas palabras apenas perceptibles: —Ella se fue.—.

Sanyu se sentía pesado desde su salida de la escuela. Ahora se le agregaba a la pesadez estomacal y del pecho una especie de agonía al encontrarse en camino de donde vivía que tanto enfado le ocasionaba. Se plantó frente a sus amigos y les gritó, —¡Juguemos! Divirtámonos mucho ahora que no vamos a regresar al colegio!—, soltó una risotada.

Debía animar a sus amigos para no estar solo en casa. —¿Qué me dicen? Aprovechemos la situación para pasarla bien. Cuidemos del tigre, comamos en casa...—.

El coche que momentos antes habían escuchado desaceleró su marcha y frenó. Los niños levantaron los rostros para ver quién lo conducía.

Era un carro de policía. Sentado en el asiento trasero estaba un anciano. Su mirada parecía escudriñar el paisaje selvático de afuera.

Con la vista rápidamente inspeccionó al grupo de niños que caminaban por la carretera. Al fijar la mirada en Dembe, sacó la cabeza y gritó, —¡Detengan el coche! Aquí está mi nietecita, ¡Por fin la encontré! Gracias al cielo, hijita, ¿dónde estabas escondida? ¡Te he buscado por todas partes!—.

Zenobia estaba combatiendo dos guerras. En casa luchaba para ser escuchada por sus padres. Su objetivo de ayudar a niñas en Uganda cuyos padres no tenían recursos para pagarles su educación, ya se estaba convirtiendo en su propósito de vida. En el colegio, la señora Finley; profesora de estudios sociales, estaba muy interesada en saber cómo ella efectuaría dicha campaña social.

Igual era la pregunta de sus padres cada vez que ella hablaba sobre el asunto. Realizar protestas no era una opción, su papá había sido firme en ello. Su mamá era clara en decirle que ellos no tenían dinero para dicho proyecto. Sus ahorros solo tenían como objetivo la educación de ella y de su hermana.

—Piensa, ¡piensa!—, Zenobia hoy se repetía mientras peinaba su muñeca de nombre *Fortaleza*.

Siguiendo el ejemplo de su papá, extraños eran los nombres que Zenobia escogía para sus muñecas. Todos llevaban las cualidades del ser humano que más le inspiraban como, *Carácter, Benevolencia, Justicia, Empatía,* y por supuesto, *Fortaleza.* Cada vez que se enfrentaba con algún problema ella les preguntaba qué harían ellas en una situación similar.

—¿Tú qué me recomiendas Fortaleza para aumentar la mía? Me siento débil. No sé qué hacer.—. Miró toda su colección de muñecas. Eran tan lindas. Se sonrió. *Toda niña debería tener una muñeca como ustedes, y una educación,* pensó.

Cerró los ojos, unió ambos argumentos, y su mente le reveló la correspondiente imagen. Vio a cientos de niñas de pieles oscuras arrullando muñecas afuera de un enorme colegio. *Y si vendiera mi colección de muñecas americanas, ¿y otras niñas hicieran lo mismo? Se le podría pagar la educación a niñas en Uganda,* pensó Zenobia.

—Brillante. ¡Es una idea estupenda!—, lo dijo en voz alta contemplando a sus once muñecas. —Lo malo es que ustedes ya no *serían* mías,—, esto lo susurró y sus ojos se aguaron. —Ustedes deben entender que cuando se sufre de ojos secos a veces ellos se llenan de lágrimas. ¿Saben por qué? Es la defensa del ojo...—, aquello se lo había explicado su oftalmólogo.

Tomó un pañuelo de papel, se secó los ojos, y salió de la habitación gritando, —Ya se cómo pagarles la educación a las niñas necesitadas en Uganda,—, se disparó por las escaleras. Aterrizó en la sala donde Carol escuchaba a Talula leer su lección de lectura. Hank dejó de aliñar el guisado de pollo para la cena, y se acercó.

Los tres estudiaron el rostro de Zenobia y la escucharon detalladamente. Tenía el ceño fruncido. Hablaba en serio. Estaba dispuesta a vender sus muñecas. De todas las cosas materiales era lo que más amaba después de la cancha de fútbol de su escuela anterior, y su casa de North Beach.

—¿De veras estarías dispuesta a vender tu amada colección?—, preguntó Carol colocando el libro de lectura de Talula sobre sus muslos.

—Sí mami, estoy segura.—.

Mientras Talula pescaba las palabras más apropiadas para decirle a su hermana, su papá se anticipó, —No sólo tendrás que vender tus muñecas, también vas a necesitar una campaña publicitaria para promover tu causa.—.

Carol era una experta en campañas publicitarias. La organización escolar donde trabajaba lanzaba muchas escritas por Carol.

—Para empezar, necesitaremos una página web,—, recomendó Carol. Los ojos de Zenobia se enlagunaron de nuevo.

Esta vez fue de felicidad. Contaba con el apoyo de su mamá. Lo sabía porque empezaba a hablar en plural... *necesitaremos* ella estaría involucrada en su proyecto. Tendría una página de Internet para su causa. Sería un éxito rotundo. Todas las niñas de Uganda tendrían educación y pronto ella expandiría su misión en todos los países pobres.

Esa noche no durmió. ¿Cómo podía? Mientras jugaba por última vez con sus muñecas, contaba las horas faltantes para ir al colegio. Nunca antes había ansiado tanto ir a su nueva escuela. En menos de seis horas tendría clase de estudios sociales que dichosamente ahora se había asignado de nuevo, al primer periodo.

A la mañana siguiente, le rogó a su mamá que le prestara un conjunto sastre: pantalón y chaqueta en tono beige con una blusa blanca con arandelas que llevaría por dentro del pantalón. Se puso sus zapatos de tenis blancos, se ató su cabellera con un moño grande de Talula, y sintiéndose una ganadora, entró a la clase de estudios sociales.

El salón entero la estudió de arriba abajo.

Angelina no podía creer la vestimenta de Zenobia y le preguntaba a todos si era cierto lo revelado por sus ojos. Claramente estaba usando la ropa de su mamá. Lucía espantosa... además de ridícula.

—¿Hoy quieres tú dictar la clase, Zenobia?—, preguntó la señora Finley algo que instigó una carcajada unísona.

Aunque Zenobia sintió la sangre saltar a sus mejillas, levantó la mano para llamarle la atención a la profesora.

—¿Qué se te ofrece, Zenobia?—, preguntó ella.

—¿Podría pasar primero para hablar acerca de mi proyecto?—, inquirió sonriente. Sabía que la solución para su proyecto social era infalible. Era también la mejor causa: cambiaría el mundo, una niña a la vez.

Existen momentos que cambian nuestras vidas. Esto le pasó a Dembe, la niña huérfana de quien la maestra de la Escuela Visionaria, su hija, y hermana, habían tenido escondida en el internado. Aunque al concluir sus clases, terminaba metida dentro del closet de su profesora, y tan muda como la ropa colgada en los ganchos, ¡cuánto le deleitaba vivir con ellas. Tenía una familia, estudiaba, y la mayor parte del día estaba rodeada de niños de su edad.

Hoy Dembe se encontraba sentada en el andén de la calle Fort Portal, en el centro de la ciudad. Frente a ella, el hospital Virika con su fachada de ladrillo, le traía recuerdos de su escuela. Aparte de haber presenciado la muerte de su papá, los entornos presentes era lo más desolador que jamás había visto. Lo empeoraban las palabras de su abuelo:

—Hijita, vamos a ganar mucho dinero, ¡ya lo verás! Eso sí, sigue mis instrucciones cuidadosamente...—, el viejo pausó para echar un vistazo a las personas que apresuradas, pasaban por su lado. —Me explico,—, continuó, —mantén tus ojos fijos en todo peatón bien vestido. Sobretodo, aquellos con chaquetas blancas y con placa de identificación en el pecho porque son doctores. Ellos están tapados en chelines. Por eso este sitio es magnífico. Desde la desaparición de tu mamá me situé en este lugar, y ahora es mi territorio. Me ha ido bien. Imagínate, podríamos comer hasta tres veces al día!—.

Dembe miró sus entornos. *¿Voy a quedarme aquí para siempre solo para poder comer tres veces al día?* Se preguntaba. Su desmedido asombro le robaba la energía para llorar.

Cuánto deseaba patalear. Llamar a gritos a su mamá desaparecida, a su papá muerto, a la profesora Namazzi, a su hija Achén, y a la tía de ella, la hermosa Masiko quienes vivían en el colegio donde había estado rodeada de compañeros de estudio ¡y cuánto había aprendido de su maestra! Ella enseñaba acerca de la belleza de su país, a sumar números y a restarlos. Mientras estuvo en la escuela su vida se había vuelto una suma de familia, amistad, aprendizaje, y experiencias bonitas. Pero su vida actual se había reducido a una larga resta.

—Quiero volver a la escuela,—, lo dijo fuerte. Estaba cansada de llorar. De tanto hacerlo, ya tenía los ojos secos.

—No digas tontadas,—, respondió el abuelo. —Prepárate que se está acercando un médico. Tan pronto pase frente a nosotros dile que eres una huerfanita. Que a tu papá lo mataron en el palacio del rey y tu mamá murió cuando naciste…—.

♥ ♥ ♥

A ochenta kilómetros de la calle Fort Portal, estaba la propiedad de Sanyu. Allí el tigrecito rebotaba de las manos de borrachos quienes bebían el warayi como si fuera agua para calmar su sedienta sed en un desierto. Todos los hombres de la aldea estaban allí reunidos con algunas mujeres.

Gimbo, la mamá de Sanyu, sobre una estufa de leña, revolvía con una cucharota de palo, la humeante bebida dentro de un enorme cantero de barro.

Había un despliegue de histeria entre los congregados. Soltaban las carcajadas más ensordecedoras, se empujaban, colapsaban al suelo, y exigían más licor a grito entero.

Sanyu, Mukasa, y Nasiche, llegaron al patio de la casa sudando y exhaustos de tanto correr. Sanyu se apresuró a rescatar a su mascota de las manos de un señor cuyas dilatadas pupilas subían y de su boca emanaba baba espesa.

—Este cachorro es mío,—, dijo y corrió a reunirse con sus amigos. —Pronto habrá un asado de ternero,—, continuó él. Sabía que su mamá solamente tenía tiempo para hacer la bebida alcohólica y servírsela a sus clientes. Por tanto, comida en casa nunca había.

Para comer le tocaba esperar a que uno de los visitantes matara un animal y con suerte, habría también acompañamiento de papas o plátano asado.

—La cena se va a demorar,—, aseguró Nasiche mirando a dos hombres acercándose a la plantación de bananos cargando de las patas a un cerdo gigante. —Debo ir a la fábrica de ropa. Mami me espera.—.

—No te vayas todavía,—, suplicó Sanyu mirando espantado a sus acompañantes adultos.

—Yo también debo irme,—, agregó Mukasa preguntándose dónde estaría mejor, si en su casa aguantándose a su papá, o en compañía de borrachos.

Zenobia estaba aprendiendo una verdad dolorosa: mejorar el mundo es muy difícil. La gente le gusta lo familiar y les disgusta cambiar. Llamó a sus amigas de North Beach y le pidió ayuda a la señorita Altamisa para que la dejara hablar sobre la alta plataforma usada para las funciones anuales de drama frente al patio donde los estudiantes salían al recreo. Allí hacía su pedido de donación a las niñas dueñas de muñecas americanas. De sus amigas de North Beach obtuvo cuatro muñecas en pésimo estado y sin ropa y de su colegio actual, solo recibió risas.

Al escuchar el comportamiento de los chicos de la escuela, Carol escribió cartas y las mandó a los padres explicándoles la importancia de la misión de su hija. Algunos contestaron que Zenobia debía concentrarse en resolver un problema local.

Uganda era un país muy remoto y ellos preferían apoyar proyectos de su comunidad, como ayudar al YMCA, a la biblioteca pública de la localidad, o a fomentar programas después de la escuela.

Entretanto, se acercaba el verano y los padres de Zenobia querían premiar a sus hijas por su esfuerzo durante el año escolar y porque el haber dejado North Beach había sido un cambio dramático para ellas.

—¿Dónde quieren ir de vacaciones, niñas?—, preguntó Carol pensando en las hermosas playas de las Bahamas. Hank sentía deseos en ir a Río de Janeiro, mientras la mente de Talula se inundó con una telaraña de imágenes de los lugares más lindos del mundo que había recolectado en Pinterest.

—Este año por favor, ¡vayamos a Uganda!—, suplicó Zenobia volteando a mirar la reacción de Talula. Ella frunció el ceño.

—Uganda no tiene playa...—, quiso decir que estaba lejos de ser un paraíso terrenal para disfrutar de unas memorables vacaciones y que no podía estar más lejos de los países recomendados por los seguidores de Pinterest.

—Uganda... ¿a cambio de las Bahamas?—, inquirió Carol estudiando los ojos de Zenobia.

Talula abrió la boca deseando que salieran las palabras acordes a su frustración. Hank notando la aflicción de Talula añadió, —Hija, ¿recuerdas la última vez que fuimos de vacaciones?—.

En aquella ocasión Zenobia tenía siete años. Ella lo recordaba bien, habían ido a San Diego y había sido aburridísimo.

—Sí papá hace cuatro años,—, respondió ella, mirando a Talula. El disgusto de su hermana era evidente. Le encantaba estar rodeada de belleza. Lo comprobaba las fotos que recortaba y pegaba a las paredes de su habitación.

—¡No quiero ir a Uganda!—, protestó Talula. Ya sus ojos empezaban a lagrimear.

—Lo siento hermana, pero necesito ir,—, Zenobia empuño fuerte las manos, —no será un viaje divertido, eso lo sé,—, agregó recordando las imágenes de Uganda reveladas por Google.

—Entonces, ¿dónde quedan las vacaciones?—, inquirió Talula sintiendo la frustración de su frase mal lograda y de pensar en ir a un país poco atractivo para el verano. —Hace cuatro años...—, pausó.

Las palabras se conglomeraban alrededor de las imágenes de esos lugares pegadas en las cartulinas de su habitación y muchas saltaban como peces sobre mares cristalinos.

—Entiendo lo que quieres decir,—, Hank intervino, —Tú no quieres ir a Uganda, pero tu hermana sí. Vamos a pensarlo. Por lo pronto, olvidemos este asunto y a cambio, veamos una película. Ya mismo preparo las palomitas de maíz.—.

La profesora Namazzi y su hija, salían de la escuela llorando. El dueño del colegio había despedido a Namazzi porque después de pensarlo por largos minutos, ella había cometido un crimen de haberles permitido entrada gratuitamente a cuatro niños en su escuela.

Ni las explicaciones de la maestra ni sus ruegos, lograron cambiarle la decisión al dueño del plantel. La maleta que cargaba su ropa y la de la hija, le pesaba tanto como su preocupación. Ahora, ¿adónde vivirían? Forzosamente tendría que alojarse en un hotel local mientras conseguía otro trabajo. Lo más angustiante, Achén no podría seguir estudiando. Los pocos ahorros de Namazzi no le alcanzarían para cubrir los gastos de vivienda y los estudios de la niña.

—¡Espera!—, voceó Masiko. Corría detrás ellas empuñando una maleta.

—Regresa a tu trabajo, hermana,—, ordenó Namazzi.

—¡Tía!—, voceó Achén abalanzándose a ella.

—No voy a permitirle a ese viejo que te eche como un desperdicio...— Masiko no había terminado su frase cuando Namazzi la interrumpió:

—Hermana, ¡tú no puedes perder tu empleo!—, lo dijo recio y le miró a los ojos deseosa de ser escuchada.

—Namazzi, yo no gano nada haciendo este trabajo. Solo estoy aquí para tener un techo sobre mi cabeza y un plato de comida diaria. Eso no compensa todo mi trabajo. Soy una esclava en esa cocina pero no me importaba porque ustedes; mi familia, estaban conmigo. Sin ustedes yo ya no quiero seguir aquí.—. Se abrazaron.

—Estando juntas cualquier necesidad es llevadera,—, lo dijeron a la vez. Había sido la frase favorita de la mamá biológica de Namazzi y la adoptiva de Masiko.

—No creas que puedes salir de mi tan fácilmente, querida hermana,—, dijo Masiko con ojos enlagunados. El ruido de llantas rastrillando la empedrada entrada a la escuela, le hizo voltear su rostro.

Era un jeep aproximándose a ellas. El conductor era un joven. Sentando mirada en ellas, sacó la cabeza por la ventanilla y preguntó, —¿Es este el colegio Visionario?—.

—El mismo. No creo que quiera estar en un lugar tan indeseable,—, voceó Masiko colocando su maleta al frente de su cuerpo.

—¡Hermana; contrólate!—, Namazzi la corrigió no pudiendo ocultar su inmensa vergüenza, —Discúlpela, joven.—.

—No tenga cuidado, señorita. Ella tendrá sus motivos,—, dijo él observando las maletas de las hermanas y mirando por todo el estacionamiento en busca de un auto. —¿Esperan transporte?—.

—No,—, contestó Namazzi forzando una sonrisa.

—¿Adónde se dirigen?—, preguntó él acercándose. Una vez estaba al lado de ellas, apagó el vehículo.

—No sabemos,—, respondió Masiko sentando mirada en su hermana. Namazzi la codeó y le lanzó una mirada de furia. Masiko la ignoró. El caballero parecía simpático y de pronto les ofrecería llevarlas a algún sitio… alguno ocurrido por él.

El joven quedó sorprendido con la respuesta de Masiko y volvió de nuevo a mirar las maletas y prolongó su mirada más en Achén quien mantenía observando la escuela.

—Yo vengo a una entrevista de empleo,—, dijo el chico, —con el doctor Akello. Me imagino que es el encargado de este plantel. No creo demorarme mucho. Si gustan, me podrían esperar para llevarlas a... no sé...—, continuó él sentando de nuevo mirada en Achén, —de pronto tú jovencita, ¿podrías pensar en algo súper divertido?—. Achén desvió su mirada de la escuela y la centró en el chico y le sonrió.

—Es usted muy amable pero no podemos abusar de su tiempo; gracias,—, dijo Namazzi propinándole varios golpecitos con la uña del dedo índice a la espalda de su hija. Ella se retiró del lado de su mamá y dio la vuelta para situarse al lado de su tía.

—No, por favor, no es nada... de verdad será un gusto para mí conocer gente local.—.

—¿Usted no vive aquí?—, preguntó Masiko bajando su cinturón a la cintura ya que Achén se lo había subido. Estaba notando las facciones del joven. Su rostro estaba bien proporcionado; barbilla elevada, pómulos esculpidos, ojos grandes y expresivos... Sumió el estómago al darse cuenta que él la miraba detalladamente.

—Vivo en el centro de la ciudad. Vine porque un amigo me dijo que en este colegio necesitan un maestro y eso soy, por ende, heme aquí,—, dijo sonriendo.

—Buen día, joven,—, resopló Namazzi alejándose de prisa, —Achén, ¡ven de inmediato!—, terminó de espalda a ellos con la cabeza abajo y extendiendo su brazo izquierdo a dirección de su hija.

—¿Dije algo indebido?—, le susurró él a Masiko. —Discúlpeme, no quise ser imprudente.—.

—Usted no tiene culpa de nada, es el desalmado doctor Akello…—, aquí ella hizo una pausa. —Ve acompaña a tu mamá, Achén, yo iré con ustedes en un minuto.—.

Ella esperó a que la niña estuviera al lado de Namazzi para continuar hablando con el chico en voz apenas perceptible, —Ese doctor despidió a mi hermana de su puesto de maestra. Lo hizo porque ella se apiadó de unos niños que no pueden pagar sus estudios.—.

—Eso es muy lamentable, ¿Cuánto tiempo estuvo su hermana trabajando aquí como maestra?—.

Masiko terminó contándole con detalles toda la historia de ellas en la escuela y las condiciones de trabajo. Su hermana ganaba muy poco, ella no tenía sueldo, trabajaban todo el día, y ella no aguantaba ver a su hermana botada del trabajo que ella tanto amaba sin saber adónde irían. Eso sí, las tres se mantendrían unidas así fuera en la calle.

—Bueno, ahora fui yo quien abusé de usted. Lo siento,—, indicó Masiko reconociendo su imprudencia. Le había contado sus penas a un extraño, y para colmo, a uno bastante guapo.

—No, por favor, no se disculpe. Gracias por su confianza. Ahora soy yo quien pide que me la regresen. Quisiera llevarlas adonde quieran. Yo ya no deseo ser entrevistado por el tan poco hombre ni ser un integrante en su escuela.—.

Le tomó un buen rato al joven convencer a Namazzi. De no haber sido por Achén quien abría los ojos al máximo cada vez que él proponía llevarlas a comer un helado o darles un paseo por el parque Rwenzori, Namazzi habría insistido en caminar por el extenso camino pedregoso, sin rumbo fijo. Finalmente aceptó la oferta del chico. Él les acomodó las maletas en el maletero, les abrió las puertas de atrás y la del pasajero, para que se acomodaran. Namazzi y Achén se sentaron atrás y Masiko tomó el asiento al lado del joven.

—Por cierto, me llamo Adroa, mucho gusto,—, dijo él, mirando a Namazzi y Achén a través del espejo retrovisor y observando a Masiko acentúo un sí con su cabeza, —si gustan las llevaré al centro de la ciudad. Allí encontraremos restaurantes y un hotel para que ustedes se alojen.—.

Namazzi estrechó a Achén contra ella. Estaba empezando a sentir las consecuencias de estar desempleada, y sin saber dónde pasarían la noche. En cambio, Masiko estaba sonriente y hablaba acerca de sus platillos favoritos y de la manera como los hacía únicos con sus recetas. Namazzi llevaba su frente recostada a la ventanilla y miraba afuera embargada en preocupación.

Ya habían entrado al centro y cruzaban la calle Fort Portal. En una esquina estaba una niña de pie gritando y estampillando sus pies en protesta, mientras que un anciano sentado en el pavimento le halaba la mano obligándola a que se sentara a su lado.

—¡Esa niña es Dembe!—, Namazzi gritó.

Achén estiró el cuello para cerciorarse, —Sí, sí, es mi amiga,—, aseguró ella.

—Por favor pare, ¡detenga el carro!—, suplicó Namazzi sacándole el seguro a su puerta y preparándose para abrirla.

La familia Lloyd no llegó a un acuerdo de dónde pasar las vacaciones de verano. Talula se empeñaba en pasarlas donde estuviera rodeada de hermosas playas mientras que Zenobia suplicaba que fuera en Uganda.

Carol no tuvo otra alternativa más que complacer a cada hija. Para ello por primera vez en sus vidas, pasarían las vacaciones de verano separados. Hank viajaría con Talula a Las Bahamas y Carol y Zenobia irían a Uganda.

La clase de estudios sociales supo de las vacaciones de Zenobia a un país del Tercer mundo cuando la señora Finley preguntó acerca del progreso del proyecto social. Este se había vuelto en una obra que tomaría hasta el próximo año escolar. Claramente, la tarea de Zenobia lo requería.

Los niños no sabían qué pensar de la nueva estudiante. Tenía pésimo gusto para vestir, sin embargo, se veía cómoda con ella misma. Siempre estaba sola durante la hora del recreo y mientras almorzaba, pero a cambio de verse aburrida, mantenía ocupada escribiendo en su cuaderno de anotaciones. Cuando caminaba por el lado del grupo popular y aunque a la rosca de amigas de Angelina se les salían los ojos observando su atuendo, ella las pasaba de largo como si fueran transparentes. Su caminado tenía una extraña característica: sentaba sus pies reciamente en el piso haciéndolo retumbar.

Lo más extraño había sido su elección de clases opcionales del año. Entre un montón de clubes para niñas, se había decidido ¡por matemáticas! Solo los niños tenían entrada a dicho club. Era de esperar que el profesor Bartalomeo, no estuviera a gusto con la presencia de Zenobia en una clase destinada solo para varones.

Como si fuera poco, también eligió tomar ciencia robótica y programación de computadoras. Ahora, no solo el grupo popular estaba loco, a ellas también se unieron los niños de los mencionados clubes estrictamente para varones. Tener una niña entre ellos era un inconveniente sin precedentes, y lo peor de todo era que por más que se esforzaban, no podían intimidarla. De pronto la niña nueva a cambio de haber llegado de North Beach, había venido de otro planeta.

El niño presidente del club de matemática hoy comentó algo tan insólito como la chaqueta de mezclilla que llevaba Zenobia puesta, un alboroto de encajes con chaquiras sobre una blusa anaranjada. Aquello había salido del baúl de los recuerdos de Carol de los años 70s cuando tenía su misma edad. Frank Delorean dijo, —Zenobia es una chica cool,—, lo dijo con resolución.

—¡Por favor!—, objetó Angelina, —¿no te haz fijado de cómo anda vestida?—.

—Y, ¿qué opinan de sus clases electivas?—, inquirió Yesenia, observando la reacción de su amiga Angelina.

—Ja, ¿y qué piensan de su proyecto de estudios sociales?—, reiteró Penélope, una de las más altas fashionistas del colegio.

—Bueno,—, continuó Frank, —ella tampoco es mi taza de té porque se ha intrometido en nuestros clubes de niños, pero a Zenobia no le importa lo que pensemos. Ella hace lo que le gusta y viste como quiere. Eso es ser cool,—, bajó la mirada a su cuaderno de matemática y terminó susurrando, —ahora debo estudiar más porque no quiero que encima de todo, una niña me gane en matemática.—.

El grupo popular se retiró tan espantadas como si hubieran presenciado un fantasma.

Indiscutiblemente, el alumno más inteligente de quinto grado, había llamado a Zenobia *cool*. Aquel adjetivo solamente estaba destinado a los más grandes entre los grandes del colegio. Ningún niño había nombrado a Angelina de tal manera; sólo sus amigas lo hacían, pero era de esperar. Ellas deseaban agradarle porque para mantener la popularidad, debía siempre complacer a la principal del grupo.

Lo cierto fue que hoy a Angelina se le ocurrió proponerle algo inaudito a su grupo:
—Acerquémonos a Zenobia.—.

—¿Para qué?—, preguntó Yesenia, temerosa por lo que podría pensar el resto de la escuela al verlas con la niña nueva.

—Bueno, para probarle a Frank en lo errado que está,—, miró a su grupo de ocho niñas estupendas. Ninguna podía darle mérito a sus palabras. —Escuchen; la vamos a interrogar hasta hacerla caer. Una vez derrotada, se lo comunicamos a Frank y al resto de los niños de los clubes exclusivos de varones para darles más razones de acosarla peor. ¿Me hago entender?—, terminó colocando una mano en la cadera y dirigiéndose a Zenobia quien almorzaba sola, como de costumbre.

—Clarísimo,—, respondió Penélope pensando en lo afortunadas que eran de tener una líder tan brillante.

—Hola Zenobia,—, saludó Angelina tomando la silla principal de la mesa, —um, ¿nos podemos sentar con usted?—.

—¿No veo por qué no? Hay mucho espacio,—, fue la respuesta de la rareza de niña, dejando a todas con las bocas abiertas. Entretanto, Zenobia estaba revisando el listado de deportes ofrecido a las niñas por el colegio.

—¿Piensas inscribirte en un deporte?—, inquirió Penélope guiñándole el ojo a Angelina.

—Sí,—, respondió Zenobia notando las risillas que las niñas populares pretendían contener.

—¿Y que piensas tomar?—, preguntó Angelina.

—Fútbol,—, respondió ella mirando esta vez el listado de deportes para varones.

—Pero fútbol no está disponible para las niñas,—, contestó Angelina. Las demás asintieron. Desde siempre aquel deporte había sido exclusivo para niños.

—Bueno, este año entrará una niña,—, dijo ella sentando mirada en ellas.

Algo sucedió con los asientos de la mesa de Zenobia; ninguna se pudo parar de sus puestos.

Ancladas en ella también tenían las miradas. La niña nueva parecía poseer un poder hipnótico. Comieron en silencio observando cada movimiento de Zenobia. Cuchareaba su sopa de lentejas, a veces se tornaba pensativa, y anotaba en su cuaderno de apuntes. Ya cuando las niñas mandaban las cucharas al plato vacío sin darse cuenta que hacía rato habían terminado la sopa, Zenobia preguntó, —¿Les gustó el almuerzo?—.

A modo de hechizo gestionaron un sí con la cabeza.

—Me alegro,—, dijo ella saliendo de su silla, —hasta pronto,—, agregó y se apresuró a la clase de computadoras.

Frank en todo momento las observaba hasta cuando Zenobia se perdía de vista al pasar por la puerta de vaivén fuera de la cafetería y al pasillo. —Se los dije,—, les gritó él a las niñas populares.

La verdad era que Zenobia nunca se había sentido más espléndida en su vida. Tenía un propósito más grande que su deseo de mezclarse bien con los demás en su nuevo colegio. Ahora estaba por cambiarle la vida a un montón de niñas de Uganda. Cada día que pasaba ella lo tachaba en su calendario.

El día del viaje sería el último día escolar: Junio 6. Algunas cosas indeseables habían ocurrido durante el mes de Mayo. Ella no calificó para entrar en fútbol. No por falta de habilidad deportiva sino por no ser niño.

Zenobia había roto ya suficientes normas. Estaba en todos los clubes destinados a varones y no podía seguir quebrando los patrones del colegio. El 5 de Junio su frustración bajó dos grados porque al otro día saldría de viaje con su mamá. El grupo popular le deseó buena suerte. Lo mismo hizo el club de matemática, de ciencia robótica, y de programación de computadoras. Hasta las profesoras de las otras clases le desearon a Zenobia un feliz y exitoso viaje.

Cuando Adroa invitó a las desconocidas a pasear con él, jamás sospechó del terrible embrollo que estaba por surgir. De haberlo sospechado, quizá no las habría invitado a salir con él.

Aquí cabe hacer una pausa para recordar dónde quedamos en nuestra historia de Uganda… El jeep que cargaba a Namazzi, la ex maestra de la Escuela Visionaria con su familia, estaba pasando por el frente del hospital Virika de la Sagrada Familia, cuando Namazzi gritó, —¡Esa niña es Dembe!—. El coche todavía estaba andando cuando la maestra abrió la puerta, y se lanzó a la calle.

Achén se quedó en el carro llorando a todo pulmón y tratando de quitarse el cinturón de seguridad. La reacción de la niña le alborotó los nervios a la tía quien saltó a la consola central del vehículo y como una bola liviana, se abalanzó al asiento trasero para abrazar a Achén.

Adroa, el dueño del jeep en todo momento decía, —¡Cu, cu, cuidado, Ma, mama...siko.—.

Masiko replicó la acción de su hermana y saltó del carro cargando en sus brazos a su sobrina. Dembe estaba aferrada con piernas y brazos a la cintura de Namazzi mientras ella le gritaba a un anciano.

—¡Apartese de mi hermana!—, voceaba Masiko zigzagueando por la carretera repleta de carros frenando en seco para no atropellarlas.

Namazzi le gritaba al anciano, —¡Usted no tiene derecho de tener esta niña en semejantes condiciones!—. Evidentemente Dembe tenía sucio y roto el uniforme de la escuela que le había pertenecido a su hija. Se notaba que Dembe no se había cambiado desde la última vez que había ido al colegio. Su pelo y cara estaban teñidos de barro seco.

—Mamá, mamá,—, Achén llamaba escapándose de los brazos de la tía y lanzándose a su amiga.

—Calma, calma,—, le pedía Masiko, aunque ella estaba a punto de azotar al anciano sin entender ¿por qué?—.

Las niñas se miraron y se tomaron de las manos. Namazzi se situó al lado de su hermana para permitirles a las niñas abrazarse. Al hacerlo parecían ansiosas de penetrarse entre sí a través de sus pechos.

—Señora; esta es mi nieta. Tengo todo el derecho de tenerla donde me plazca. Yo soy su única familia.—.

—Esta niña debe estar viviendo decentemente y yendo a la escuela,—, dijo Namazzi con lágrimas en sus ojos. La palabra *escuela* se había vuelto una expresión tan cruel como *muerte, matanza, o tortura*. Adroa llegaba jadeante de correr y de la preocupación. Aunque eran unas desconocidas, él se sentía responsable por la seguridad de ellas.

—¿Están bien?—, preguntó fijando la mirada en el anciano. Él se percató de lo bien vestido que estaba el joven. Ciertamente su esmerado atuendo saltaba a la vista. Ese día se había vestido para una entrevista de trabajo.

—Este señor prácticamente tiene secuestrada a esta niña quien debe estar en la, en la…—, Namazzi no pudo terminar de pronunciar la terrible palabra.

—Debe estar con nosotras,—, expresó Masiko.

—¿Quienes son ustedes?—, preguntó el anciano.

—Somos su nueva familia,—, declaró Namazzi frunciendo el ceño fuerte y situándose a pocos centímetros del viejo.

—¡Ustedes no pueden quitarme a mi nieta!—, gritó el anciano y sujetó fuerte a Dembe de la cintura. La niña profirió un escabroso grito. Los transeúntes se horrorizaron de la escena y empezaron a formar un círculo alrededor de ellos.

—No la toque y aléjese ya de ella,—, ordenó Namazzi.

—Suelte a la niña,—, exigió Adroa tomando los brazos del anciano y llevándolos a su espalda al estilo de policía cuando arrestan a un criminal.

Masiko bajó a Achén al piso y Namazzi hizo lo mismo con Dembe. Ambas niñas se volvieron a abrazar como si no se hubieran visto por años.

—Mi abuelo me obligaba a pedir limosna todo el día,—, se quejó Dembe ojeando el espacio del andén donde se sentaban y pasaban las noches.

—¿Y aquí dormías?—, preguntó Achén observando un montón de periódicos apilados y sostenidos por dos piedras encima que hacían la doble función de almohadas y de sostén de camas. Dembe acentuó un sí con la cabeza.

—Si se la quieren llevar, páguenme por ella,—, propuso el abuelo de Dembe.

—¿Cuánto quiere por su nieta?—, preguntó Namazzi.

Masiko tomó en los brazos a Dembe y le tapó los oídos. —Vámonos de aquí,—, dijo ella, extendiendo una mano a su sobrina y pidiéndole a la gente que se hiciera de lado para permitirles escapar rápidamente del espantoso lugar y antes que el abuelo de la niña pronunciara otra palabra. *¿Cómo es posible?* Meditó Masiko, *esta criatura no puede escuchar algo tan horrendo.*

El viejo quedó pensativo. Dejó de sentir el apretón de sus brazos atrás de la espalda y se insensibilizó al ver a su único miembro de la familia alejándose con extraños. Sentando mirada en Namazzi dijo recio, —exijo por ella noventa mil chelines.—.

El corazón de Namazzi le bombeó toda su sangre a los pies. Esa cifra era casi todos sus ahorros. Contaba con ese dinero para sobrevivir unos días mientras se figuraba qué iba a hacer.

—¿Me está vendiendo su nieta?—, Namazzi le preguntó no porque dudara de la decisión del viejo sino porque estaba pensando cual sería la suya.

—Eso pido, y no rebajo ni un centavo,—, concretó él sonriente.

Namazzi sacó su billetera del bolsillo de la falda mientras miraba el lugar donde la niña y el anciano pasaban las noches. El aire empezaba a faltarle. Sacó todo el dinero de la billetera y contó de prisa temiendo que de pronto él cambiara de opinión negándose de dejarle su nieta a ellas. Adroa liberó los brazos del viejo.

—Tome su dinero,—, ordenó ella extendiéndole los noventa mil chelines. El viejo contó cuidadosamente cada billete humedeciendo con la lengua la punta de los dedos índice y pulgar. Al terminar de contar, abanicó los billetes y con ellos se sopló el rostro, y sentando mirada en ella por largo rato, metió el costo de su nieta, dentro del bolsillo de su pantalón.

—Tome la llave del coche, Namazzi,—, pidió Adroa, —yo iré con el señor al departamento de policías para que explique la negociación de su nieta y así evitarles a ustedes malos entendidos en el futuro.—. Adroa se quedó con el anciano quien le insistía de lo innecesario de hacer un reporte policial.

Hay un dicho popular en todas las culturas: *Cuando llueve, relampaguea,* y curiosamente esas fueron las palabras declaradas por Namazzi tan pronto entró al coche. Las niñas miraron afuera desconcertadas porque lejos de llover, el sol estaba ardiendo y el cemento de las dos intersecciones expedía vapor.

—¿Qué vamos hacer?—, le preguntó Namazzi a Masiko.

La mirada de las hermanas era apropiada para una película de terror, aunque la expresión del rostro de Dembe junto con la condición lamentable de su vestimenta y la suciedad de su cabello y de la piel, podría haber salido de la misma película.

—¡Abuelo me vendió!—, aquella afirmación fue dirigida a sí misma. Empezaba a entender su realidad. Achén la estrechó en sus brazos por largo tiempo como expresándole, *En cambio, yo nunca te dejaré.*

Namazzi y Masiko enmudecieron. La falta de dinero había dejado de importar. Cuando vieron a Adroa acercándose al coche, Namazzi le recordó a su hermana, —Nunca olvidemos que mientras estemos juntas cualquier necesidad es llevadera.—.

Desde la ventanilla del avión aproximadamente a mil pies de altura de la ciudad de Entebbe, Zenobia y su mamá contemplaban el panorama de franjas de tono turquesa entre expansiones verde esmeralda. *En cuestión de minutos estaré pisando el suelo de Uganda,* Zenobia se maravillaba.

—Hija, seguramente estamos volando sobre el lago Victoria,—, dijo Carol.

—¡Es lindo!—, declaró Zenobia y pegando la frente en la ventanilla, agregó, —¿podríamos nadar en el lago?—.

—¡Decididamente no!—, exclamó Carol, —Aquí los lagos y ríos únicamente sirven para mirarlos porque podrían transmitir un parásito peligroso llamado… llamado…—, Carol pausó y sacó su libreta de apuntes.

Mientras pasaba las hojas llenas de anotaciones, mapas, y fotocopias de sitios de Uganda, Zenobia se dio un golpe en la frente contra la ventanilla. *En este momento, papá y Talula estarán disfrutando de las payas de las Bahamas, yo tendré que conformarme en nadar en una aburrida piscina,* ella meditó.

—Ya encontré el nombre del parásito,—, declaró Carol en un tono tan emocionado como si hubiera encontrado un tesoro perdido, —bilharzia.—. Se quitó las gafas y las puso sobre el cuaderno, —este parásito es transmitido por caracoles y afecta el hígado y los riñones, ¡Aaah!—, sonrió amplio, —Es tan gratificante estar bien informada.—.

Tan pronto el avión aterrizó, Carol le envió un texto a Hank anunciándole que habían llegado bien. Antes de partir, él le había recordado del secuestro ocurrido el 4 Julio de 1976 cuando un avión fuera secuestrado en el aeropuerto de Entebbe.

Zenobia bajó corriendo las gradas del avión. Deseaba, ¡cuánto anhelaba pisar el suelo de Uganda! Y lo pisó fuerte. Hasta el concreto tenía un tono diferente al de Estados Unidos. El de su país era gris y este era el color del azúcar moreno.

Una puerta de vidrio ancha las condujo dentro del aeropuerto y siguieron una larga fila hasta llegar a la angosta mesa de emigración. Allí presentaron sus documentos y Zenobia observó deleitada el sello estampillado en el pasaporte constatando su entrada a Uganda.

Lo más maravilloso era el taxista quien las estaba transportando al hotel Lake Heights, mientras les informaba acerca de la comida del país y los cantantes más populares como Wilson Bugembe, Aziz Azion, y Jamal. Carol se sintió a gusto con el conductor. Era un joven instruido. Zenobia también lo creyó y le pareció apropiado contarle de su proyecto de estudios sociales.

—Gracias señorita por su deseo de hacer una obra tan formidable en mi país,—, dijo él mirándola por el espejo retrovisor. —Yo nací y crecí en Kasese, una ciudad con grandes necesidades. Allí hay muchos niños que no tienen dinero para ir al colegio. Yo fui uno de ellos. Mi sueño era ser doctor.—.

—Lo siento,—, expresó ella, imaginándose al taxista con una chaqueta blanca y sanando gente.

—¿Cuánto hay de aquí a Kasese?—, preguntó Carol. El nombre de la ciudad le llamó la atención, sonaba un poco como casería y eso la intrigó.

—Estamos a seis horas de camino, madam,—, respondió él.

—¿Quisieras ir allá, hija?—, preguntó Carol sintiéndose refrescada por el aire acondicionado y cómoda por la acolchada silla.

—Sí mami.—. Zenobia estaba sintiendo el cosquilleo de la aventura que estaba iniciando en un país a 2,300 millas de distancia del suyo. Era extraño ver los carros conduciendo por la línea de la izquierda y más raro era el variado paisaje de la ciudad. En medio de casas lujosas se mezclaban chozas con fachadas de madera propias para leña. Los techos estaban hechos en delgadas láminas de aluminio los cuales peligraban volar lejos en un vendaval.

Ya Carol cerraba los ojos. El viaje había tomado 22 horas y había dormido poco, mientras que Zenobia sólo había cerrado los ojos para parpadear. Ahora continuaba igual, observando el paisaje de Entebbe. Rodeando el lago Victoria había edificios y unidades de casas elegantes resguardadas por muros de piedra, seguido por el centro comercial Victoria. El taxista había quedado callado para permitirle a Carol dormir.

Zenobia recostó su frente a la ventanilla. El sol brillaba intensamente y los ojos empezaban a arderle. *Si estuvieras conmigo este día sería perfecto,* pensó ella recordando al abuelo.

No aguantaba el recuerdo de él en este momento. Intentando evadir sus recuerdos, cerró los ojos.

—Discúlpenme interrumpirles el sueño,—, Zenobia escuchó la voz del taxista. La cabeza de ella reposaba sobre el hombro de su mamá. Reconoció disgustada que había dormido y se había perdido de ver varias horas del paisaje de Entebbe. El taxi ya no se movía y claramente estaba atardeciendo. Frente de ellos había una mansión de dos pisos como salida de Nueva Orleáns.

—¿Les gustaría hospedarse en este hotel?—, continuó él.

—Mami, ¡despierta!—, llamó Zenobia.

—He estado despierta todo el rato,—, Carol brincó entreabriendo los ojos. Se arregló la cabellera con los dedos y miró afuera de la ventana.

—Él pregunta si nos queremos quedar aquí,—, continuó Zenobia admirada del cúmulo de nubes rosáceas que coronaba la opulenta construcción.

—Este es el hotel Collin y es uno de los mejores hospedajes de la ciudad, madam,—, aseguró el conductor, —además es muy central.—.

—Me parece bien,—, dijo Carol.

—Sí, quedémonos aquí,—, Zenobia se alegró.

El joven ya estaba afuera del coche y le ayudaba a Carol a salir del mismo. —Aguarde señorita,—, dijo él dando la vuelta. Le abrió la puerta a Zenobia y estiró su mano color chocolate espeso y tomándola ella salió. Su papá siempre le ayudaba a entrar y salir del Viajero. Aunque ella no necesitaba de asistencia y a menudo protestaba aquel gesto, sabía que su padre lo hacía porque pertenecía a una especie casi extinguida denominada *caballero,* y a esa misma categoría pertenecía el taxista.

Mientras admiraba los coloridos alrededores del hotel: las fucsias buganvillas a cada extremo de la construcción, y las materas hechas en tejidos de lona donde las plantas se salían por entre el tejido, su mamá le pagaba al muchacho. Por su amplia sonrisa dedujo que su mamá le estaba dando una considerable propina.

—Espero que esto se suficiente para retribuirle su largo camino de regreso a Entebbe,—, dijo Carol.

Se despidieron de él y Zenobia propuso, —Vamos a comer, me ¡muero de hambre!—.

Una vez se registraron en la recepción y el botones les subió las maletas al segundo piso, a la habitación número 22, bajaron al angosto restaurante decorado con una pared de piedra. Los únicos comensales era aparentemente una familia formada por un señor joven, dos señoras, y dos niñas. Ellos tan pronto las miraron abrieron la boca al máximo. Las niñas se sorprendieron tanto que las señalaron con sus índices. La mayor de las señoras les susurró algo a las niñas. Zenobia se sonrió. Parecían menores que ella.

—Hola,—, Zenobia saludó. Las niñas soltaron una risa nerviosa y se secretearon.
—Mami, ¿les pedimos si podemos sentarnos con ellas?—, inquirió Zenobia embelezada de ver a dos niñas de Uganda. Esta vez no eran proyectadas en una pantalla ni estaban plasmadas en las páginas de un libro.

Hay una gran fuerza que une una causa noble a las personas correctas. Cuando ambas crean una alianza, el destino del mundo cambia. Esto se ejemplarizó en el encuentro de Zenobia, su mamá, y los comensales del restaurante. Ellos resultaron ser Namazzi, su hija Achén, su apenas adoptada hija, Dembe, la tía de ambas, y el amigo de ellas.

Adroa las había invitado al restaurante para celebrar la adopción de pequeña y también porque Masiko necesitaba encontrar un empleo de cocinera y él había visto un anuncio en el periódico informando que el restaurante del hotel buscaba una chef. Curiosamente, a cambio de ser él citado para un trabajo ese día, ahora era Masiko quien sería entrevistada.

—Ordenen lo que gusten,—, propuso Adroa observando a las niñas cuyas miradas oscilaban al menú situado en la mitad de la mesa y a la niña de imposible blancura quien hacía unos segundos había entrado.

—¿Vamos a comer aquí?—, preguntó Dembe incrédula y sobrecogida por la dicha, y bueno, ¿cómo no estarlo? Desde que saliera de la escuela no había comido un plato de comida. El abuelo sólo le daba de comer diminutas mandazi, samosas rellenas de papa, bananos, y para tomar le llevaba agua en vasitos plásticos que le regalaban en las cafeterías. Cada día le prometía que si recolectaban suficiente dinero irían a un restaurante lo cual nunca ocurrió.

Achén tomó el menú, lo abrió, y respiró profundamente como deseando oler las fotos de los platillos. Namazzi se acercó para ojearlo. Entretanto, un señor elegantemente vestido con corbata, se presentó ante Adroa y dijo ser el gerente del restaurante. Pero tan pronto supo quien estaba interesada en el empleo, se disculpó diciendo que él ya le había dado el puesto a otro candidato.

—Entiendo; mi problema es porque soy mujer,—, aseguró Masiko sosteniéndole la mirada al gerente.

—Buenas noches a todos,—, dijo él y se alejó.

131

—No niñas, aquí no podemos comer,—, advirtió Namazzi, —este es un restaurante muy caro.—.

—Por favor, madam, permítanme invitarlas,—, suplicó Adroa.

—No; comer aquí cuesta mucho dinero,—, continuo Namazzi. Dembe empezaba a hacer pucheros mientras que Achén se obligaba a mantener su rostro libre de muecas porque se percataba de las insistentes miradas de la niña blanca.

Lágrimas rodaban por el rostro de Dembe. Masiko tomó una servilleta de papel de la mesa y pasó a su lado para limpiarle la cara. La servilleta quedó manchada de lodo.

—No llores,—, le insistió ella.

—Por favor, acepten mi invitación, para mí es un placer,—, rogó Adroa, pasando la palma de su mano por el brazo de Dembe. —Hoy es un día muy especial para ustedes, y merecen celebrarlo.—.

—En eso sí tienes razón, Adroa,—, admitió Namazzi, —pero, una vez encuentre empleo, yo te repondré el dinero de esta cena, ¿bueno?—, insistió ella, —y por favor, llámeme por mi nombre.—.

Antes de Adroa abrir la boca, Zenobia estaba frente a ellos sonriente mientras Carol tomaba el menú de la mesa de ellas y se apresuraba a dirección de su hija.

—Hola, ¿cómo están?—, preguntó Zenobia. Todos miraron perplejos a la niña. Únicamente en las pantallas de televisión, teatros, periódicos, y revistas, se veían pieles así de claras. Carol se sitúo al lado de su hija y le sonrió a todos. —Me llamo Zenobia y esta es mi mamá Carol.—. La mirada perpleja de la familia la intimidó y la obligó a pausar.

Carol continuó, —Um, bueno, apenas llegamos de Estados Unidos y…,—, Carol dejó de hablar. La familia parecía petrificada. —Perdonen por haber interrumpido su cena,…— aunque la mesa estaba vacía, los nervios se interpusieron nublándole la mente. Namazzi quiso decir algo y sólo movió la boca.

—Regresemos a nuestra mesa,—, propuso Carol tomando de la mano a Zenobia.

—Mami, ¡qué vergüenza!—, dijo ella sentándose en otra mesa más distante de la anterior y hundiendo su rostro en el menú.

133

—Ciertamente debemos ser más prudentes y abstenernos a iniciar conversación con desconocidos,—, declaró Carol y continuó, —Vamos primero a lavarnos las manos.—.

Namazzi y los demás siguieron mudos. Al rato Masiko propuso, —Voy con Dembe al baño para lavarle el rostro y las manos.—.

—Vamos todas,—, planteó Namazzi saliendo de su puesto.

—Iré yo también,—, Adroa dijo. Él no quería quedarse solo.

Tan pronto las chicas entraron al lavabo, vieron a las dos mujeres blancas lavándose las manos.

—Hola,—, Zenobia estaba determinada de no darse por vencida.

Masiko situó a Dembe ante el lavamanos al lado del de Zenobia y tomando un puñado de agua se lo restregó en el rostro. Barro cayó al tazón. Masiko notó aterrorizada la expresión de la mirada de la niña blanca. Obviamente estaba aterrada observando la cantidad de mugre que soltaba su cara. Carol ya se secaba las manos con una servilleta y también se había percatado de la suciedad de la niña.

Namazzi esperaba su turno y haciendo un esfuerzo para hablar dijo por fin, —Si gustan, ustedes se pueden sentar con nosotros.—.

—¿Sí?—, preguntó Zenobia desplegando una sonrisa amplia.

—Por supuesto,—, afirmó Namazzi.

—Será un placer cenar con ustedes,—, continuó Masiko.

—Muchas gracias,—, dijo Carol, —estamos de visita en Uganda y es regio conocer a gente nativa de este país.—.

Las niñas estaban fascinadas. Dembe se forzaba por mantener los ojos abiertos y su mirada anclada en la niña *color concha de nácar, con cabello del color del sol, y ojos como el océano,* era la descripción pensada por Dembe y aguantaba el ardor en sus ojos por el agua lodosa.

Masiko continuó con los brazos. Ellos también estaban hechos un lodazal. De haber estado sin las personas blancas, le habría hasta lavado el pelo ahí mismo. Una vez todas habían terminado de limpiarse, pasaron al comedor.

La mesera estaba lista para tomar la orden y mientras todos revisaban el menú y decidían qué pedir, Dembe meditaba qué explicación darle a la niña para que no pensara mal de ella por el estado de su ropa y de la suciedad de su piel.

—¡Mi abuelo me vendió!—, espetó Dembe y enmudeció de ver todas las miradas en ella.

Namazzi quedó detallando los labios de su nueva hija quizá preguntándose cómo pudo haber salido algo tan inapropiado de su boca.

Achén siguió explicando cómo el abuelo de su nueva hermana le echaba agua a la tierra y la restregaba en su pelo y piel para incitar lástima en los transeúntes y ganar más limosnas.

Notando que las chicas blancas demostraron interés en conocer más de ellas, Namazzi y Masiko contaron sus historias, y Adroa expuso el por qué no quiso trabajar en un plantel donde injustamente habían despedido a tan excelente maestra únicamente porque ella no discriminó a los cuatro niños de su clase que no podían pagar sus estudios.

—Esa es la escuela que buscamos,—, admitió Zenobia y sus ojos azules tomaron un brillo que sólo se percibe en el cielo que cobija los sitios ausentes de contaminación, después de ser regados con mucha lluvia, y cuando el sol apenas se asoma inundando con su luz el firmamento.

Adroa se dirigió a la recepción del hotel y negoció un precio más reducido por la habitación de sus nuevas amigas y la suya. Ellas compartirían dos camas; una para las hermanas y la otra para las niñas. Tan pronto se aseguró que estaban cómodas, y mientras Achén y Dembe saltaban en su cama y se reían a carcajadas, salió rumbo a su dormitorio. Aunque estaba agotado, y su billetera la tenía casi vacía, en su mente llevaba grabado el rostro de la bella Masiko y la pregunta más importante después de hacerse profesional, *¿Gustará de mí?*

    Comprensiblemente, nadie pudo dormir esa noche. ¡La emoción de todos era absoluta! Habían hecho nuevas amistades. Zenobia y su mamá hablaron toda la noche acerca de las veces que vendrían a Uganda, y de la cantidad de giros de dinero que mandarían a las escuelas para cubrir las mensualidades de todos los niños que no podían pagar sus estudios.

Namazzi y Masiko se preguntaban si Adroa era un santo o si acaso, gustaba de Masiko, y Achén y Dembe deliberaban todas las preguntas que le harían a Zenobia. A la mañana siguiente, a todos les sobraba ojeras, y energía.

Se encontraron en el restaurante del hotel y al terminar el desayuno, Adroa las condujo a la escuela Visionaria. Achén y Dembe se sentaron a cada lado de Zenobia. Frecuentemente le pasaban las manos por los brazos y los dedos por su cabellera como si acabaran de descubrir una sorprendente criatura.

—¿Qué se siente ser tú?—, fue una de las preguntas que hizo meditar mucho a Zenobia.

—Bueno, yo creo haberlo sentido todo,—, contestó ella.

—¿Alguna vez te haz sentido sola?—, inquirió Dembe.

—Oh, muchas veces, sobretodo después de la muerte de mi…,—, aquí Zenobia pausó. Las niñas se maravillaron de ver sus ojos tan azules y hermosos, llenarse de lágrimas.

—¡Ella también llora!—, se maravilló Achén, —¡Mami, la niña blanca también llora!—, exclamó ella alertando a su mamá quien estaba al lado de Carol, en la fila de asientos detrás de ellas.

—No le hagas preguntas inapropiadas,—, ordenó Namazzi.

—No son inapropiadas, señora,—, aseguró Zenobia, —es que todavía me siento triste por la muerte de mi abuelo.—. Esta vez el nudo en la garganta no instigó lágrimas. Las palabras de sus nuevas amigas la habían dejado perpleja y en ese instante había borrado la tristeza.

—Qué suerte tuvo tu abuelo de haber tenido el inmenso amor de su nieta,—, la afirmación de Namazzi hizo sonreír Zenobia.

Las niñas continuaron hablando, Adroa le disparó un montón de preguntas a Masiko, y Carol y Namazzi cotorrearon y se rieron hasta que el jeep se detuvo. Zenobia sentó mirada en las dos construcciones frente a ella; una chica y la otra grande. Adroa abrió la puerta, saltó afuera y les ayudó a cada una de ellas a salir del vehículo. Sacó un balón de fútbol del baúl y propuso, —¿Niñas, quisieran jugar a la pelota?—. La pregunta era necia. Zenobia fue la primera en patearla y las demás la siguieron.

La puerta del internado se abrió y de aquella, el doctor Akello salió apresurado con una sonrisa tan grande que milagrosamente cabía en su cara.

—Bienvenidos, ¡bienvenidos!—, voceó él trotando a dirección de ellos.

Namazzi y Masiko pensaron que la bienvenida había sido dirigida a las chicas blancas, no obstante, él se dirigió derecho a ellas.

—Me alegra mucho verlas,—, aseguró y volteando su mirada a Adroa continuó, —¿Y quién es usted?—.

—Fui uno de los aplicantes para la posición de profesor,—, contestó él.

—Ah, ya veo, ya veo,—, dijo el doctor Akello deteniendo su mirada en Masiko. —Sí, sí, entiendo.—.

Carol estaba observando el suelo y lo rastrillaba con sus pies pretendiendo que buscaba algo y así se fue acercando a ellos para poder escuchar la conversación. El dueño de la escuela alternó la mirada en Carol y en Zenobia quien estaba corriendo y su melena se columpiaba y resplandecía bajo el sol. La de la mamá caía a cada lado del rostro y lo ocultaba.

—No creo que lo entienda,—, intervino Adroa, —usted despidió a la mejor profesora y gran mentora de los niños de esta aldea, y a una consagrada cocinera,—, pausó para darle la oportunidad al dueño del plantel de contestar.

—Ahora me doy cuenta, sí, sí, ¿cómo no? La señora Namazzi es una maestra maravillosa ¡y los niños la extrañan tanto! Y ni se diga de la comida de la chef,—, continuó del director mientras seguía observando a las extranjeras.

—¡No regresaremos ni porque nos pague el doble!—, espetó Masiko, deseosa de escuchar una irresistible oferta de su antiguo jefe.

Mientras Carol observaba a las niñas jugando, mantuvo sus oídos atentos a la conversación. Si Namazzi regresara a la escuela para seguir enseñando era la irrevocable señal que la escuela Visionaria era donde ellas efectuarían su ayuda.

—Dígame, señor,—, prorrumpió Adroa, —¿a cuántos candidatos entrevistó?—.

—A varios.—.

—Me imagino que todos fueron hombres. Ellos exigen cinco veces más el salario que usted le pagaba a la señora Namazzi y a la señorita Masiko,—, aseguró Adroa.

El doctor Akello se percató de la mirada intensa del joven y su ceño fruncido le agregaba a esa intensidad. El dueño de la escuela quedó en silencio.

Las hermanas sintieron la barriga revolcándose de la alegría. Estaban siendo respaldadas por su nuevo amigo, y en ese instante, Masiko se sintió perdidamente atraída por el joven.

—Bueno, cinco veces más del salario que les pagaba a ellas es una exageración...,—, el doctor Akello finalmente reaccionó, —pero estoy dispuesto a doblarle el salario a las dos, ¿aceptan?—, terminó mirándolas fijo por encima de los gruesos lentes.

—Entonces, ¿está diciendo que por fin tendré un salario?—, dijo Masiko. El doctor Akello gestionó un sí con la cabeza. —Eso es tentador, continuó ella, consideraríamos su oferta después de escuchar de su boca una disculpa.—.

—Bueno, pero deben asegurarme de no volver a meter a la clase a niños que no pagan las mensualidades,—, reiteró él.

Carol dejó de rastrillar el piso y encaró al doctor, —Mucho gusto, señor, me llamo Carol Lloyd. Mi hija y yo hemos venido a esta aldea para hacerle una propuesta. Zenobia, ven hijita,—, llamó ella.

El doctor Akello enmudeció y subió la mirada al firmamento. *¿Habrán caído del cielo?* Pensó él. Zenobia se reunió a ellos y miró arriba para ver qué le pudo haber llamado la atención al dueño del colegio. Ella y su mamá terminaron explicándole su objetivo y enseguida pidieron conocer a los demás niños que ellas beneficiarían.

Namazzi propuso ir a la propiedad de la señora del warayi. Sabía que varios niños estarían allí atraídos por el asado de cada día y por Erudito, el tigre. Zenobia se emocionó mucho al saber del cachorro, Carol se horrorizó, y Adroa se alegró porque pasaría más tiempo al lado de Masiko.

Namazzi le indicó cómo llegar al sitio que más le temía visitar, pero a varios pies de la entrada, se vieron forzados a parar. Una fila de carros de policía y ambulancias, impedía la entrada. Rescatistas cargaban camillas con bultos de personas cubiertas con sábanas blancas las cuales deslizaban en las ambulancias.

—No pueden entrar con el auto,—, advirtió uno de los policías.

—Dios santo, ¿qué habrá pasado?—, preguntó Namazzi desajustando su cinturón de seguridad y saliendo del asiento.

—Sí mami, salgamos,—, indicó Achén. Su rostro había empalidecido al pensar en la posibilidad que la tigresa madre del tigrecito, buscando a su cachorro, hubiera atacado a Sanyu con su familia y a los visitantes. Mientras desabrochaba el cinturón de Zenobia y el de Dembe, propuso, —salgamos todos,—, y siguió a su mamá al patio de la casa.

Dembe hubiera deseado permanecer en el auto pero recordó que su abuelo la había encontrado en ese mismo camino y temerosa que de pronto volviera por ella, saltó afuera del carro y se unió a los demás.

—Dejaré el auto aquí mismo por si acaso alguien quisiera regresar,—, anunció Adroa siguiendo a las mujeres y listo para defenderlas.

Dembe apretaba la mano de Zenobia con todas sus fuerzas. Un montón de hombres yacía en el suelo inmóviles; unos con ojos cerrados, y otros abiertos. Todos cargaban el semblante de la muerte.

Achén reconoció a muchos de ellos. Siempre estaban borrachos cada vez que ella y su mamá llegaban a hablar con la señora del warayi acerca del pago de la mensualidad del estudio de Sanyu. Dembe cerró los ojos, agachó la cabeza, y arrastró los pies siguiendo los pasos de Zenobia. La escena ante ella era muy similar a la del palacio cuando se convirtió en una huérfana.

Se empeoró al ver que cuando los paramédicos tomaban el pulso a los hombres tirados en el suelo, les bajaban los párpados, y cubrían sus cuerpos con sábanas blancas. Igual habían hecho con su papá.

—¿Estarán muertos?—, preguntó Zenobia no dando crédito a sus ojos y sintiendo una corriente fría subiendo por su columna vertebral.

—¡Zenobia!—, llamó Carol, —quédate a mi lado,—, exigió ella observando con espanto los alrededores.

—Uno, dos, tres, cuatro, cinco, seis,—, Achén determinada contaba a todas las personas tendidas en el suelo y prendida de la mano de Zenobia. Dembe empezó a temblar y a tiritar los dientes. Parecía como si hubiera regresado al palacio del rey y estuviera reviviendo el peor día de su vida.

Namazzi corrió al lugar donde la señora del warayi preparaba la popular bebida. Jadeante, se detuvo al frente de la fogata de leña con la enorme olla encima burbujeando y expeliendo humo. Abrió la boca para llamarla, pero enmudeció. La señora del warayi estaba rodeada de tres policías.

Uno escribía algo en un papel, el segundo, le sujetaba los brazos detrás de su espalda y le aseguraba las muñecas con esposas, el tercero, se movía de lado a lado tomando fotografías con un celular, insistiendo más en captar los diferentes ángulos de la olla con la humeante bebida.

—Profesora Namazzi, cuide de mi hijo,—, le suplicó la señora del warayi. El policía quien tomaba fotos metió su celular al bolsillo y desenrolló una manguera y le echó agua a la hoguera hasta apagar la llama.

—Le suplico, no abandone a mi hijo,—, siguió rogando la señora del warayi.

—¿Gimbo, dónde está su esposo?—, preguntó Namazzi, mientras escuchaba el susurro de su hija, asegurando, —treinta y dos son los hombres caídos.—.

En total fueron ochenta y seis los muertos. Entre ellos, dos mujeres. El padre de Sanyu fue llevado al hospital por intoxicación severa. En el centro del patio, donde todos los días se sentaban los clientes para beber el warayi, se encontraban Sanyu y Mukasa. Estaban sentados sobre troncos de árboles partidos, observando la devastación de los alrededores. Erudito echado a sus pies parecía todo un guardián.

Zenobia se abalanzó al tigre con deseo de acariciarlo, pero sus amigas no le soltaban las manos. Sanyu y Mukasa se aterrorizaron al verla y saltaron de sus respectivos pedazos de árboles y fueron a parar a varios pies de ellos.

De los dos, Sanyu parecía ser el más perturbado. Él clamó, —¡Un fantasma! ¡Un fantasma!—.

Mukasa aunque trastornado, no estuvo de acuerdo con su amigo porque en cambio, vio en la niña de color nube, la misma imagen de un ángel.

Es una verdadera ventaja cómo la mente tiene el poder de fijar su atención en algo extraordinario y quitarle la importancia a uno traumático. De no haber sido por Zenobia y su mamá, los cuatro niños habrían quedado profundamente afectados por lo acontecido en el lugar de la fabricación del warayi. Como Sanyu y Mukasa habían sido testigos de lo ocurrido, saltaron a la oportunidad de explicarlo todo.

Sanyu comenzó, —Los clientes empezaron a llegar más temprano de lo usual.

Era alrededor de las 7 de la mañana... bueno, podría haber sido las 9, cuando cuatro hombres golpearon a la puerta y le pidieron warayi a mamá. Ella les explicó que estaba por preparar una tanda de bebida fresca, ya que hoy, Junio 9, se celebra el día de los héroes, y muchos visitantes querrían festejar.

—Queremos empezar la fiesta ¡ya mismo! —, los señores le insistieron. Entonces mi mamá sacó de la cocina una olla de warayi viejo que mantiene oculto dentro de la lacena. Una vez la vi cuando destapó la tapa de ese recipiente y un montón de mosquitos salió de ella. Olía horrible. Le pregunté por qué usaba ese warayi podrido y me explicó que a la bebida recién preparada le agregaba un poco del brebaje viejo para fermentarlo más.—.

Mukasa estaba ansioso por hablar para impresionar a la niña-angel, entonces intervino, —Y como no había terminado de preparar el warayi fresco, ella le sirvió de la bebida vieja a los clientes, y los mató a todos.—. Pausó para observar la reacción de Zenobia y así copiarla. Ella se estremeció y él también. Dembe y Achén seguían aferradas a sus manos impidiéndole a Zenobia acariciar a Erudito. El cachorro frecuentemente se recostaba a ella y resbalaba su pelaje por sus pantorrillas.

Zenobia lo acarició con sus piernas, y dijo, —Aquí ha ocurrido una gran tragedia.—.

Volteó a mirar a su mamá quien sujetaba su mentón con una mano quizá con la intención de prevenir que su cara se desplomara.

—Mami, ¿y tú qué opinas?—.

—Estoy sin palabras. Pero, ¿acaso esa tal bebida es legal en este país?—.

—El warayi no está regulado en esta zona remota,—, explicó Namazzi.

—De hecho, no lo está en ninguna parte,—, agregó Adroa, —este brebaje se vende en las calles, en callejuelas, en zonas rurales, en plena ciudad, y la policía hace poco para regularlo. Lástima que sea la bebida típica de nuestra nación y por su culpa Uganda es el país en el mundo donde hay más borrachos.—.

—¿Usted me va a cuidar, maestra?—, inquirió Sanyu más como una súplica que una pregunta.

—Veré qué puedo hacer,—, respondió Namazzi observando a Dembe. Ella mantenía los párpados apretados negándole a sus ojos ser testigos de algo tan espeluznante. —Eso sí,—, continuó Namazzi, —te aseguro: tendrás techo y comida. Que el buen Dios nos bendiga. Ahora, vámonos de aquí,—, ordenó ella y tomó a Dembe en sus brazos. —No temas hijita,—, le susurró ella.

Dembe momentáneamente abrió los ojos para extenderle una mano a Zenobia. Ella la tomó y aceleró sus pasos para igualar a los de la maestra.

—¡No podemos dejar solo a Erudito!—, protestó Sanyu.

—Ay, cierto, ¿adónde lo alojaremos?—, inquirió Masiko con la esperanza de que Adroa hiciera alguna sugerencia.

—¿Lo podríamos dejar en la escuela durante la noche?—, preguntó Mukasa pensando en la posibilidad que mientras sus padres dormían, él se escaparía de la casa para pasar la noche con el tigre.

—Temo que eso no será posible,—, dijo Namazzi. Mirando a Masiko pensó, *Y ahora, ¿donde voy a alojar a Sanyu? Todavía no salgo de un embrollo y ya me estoy metiendo en otro.* Su hermana le pudo leer su pensamiento. Ella también meditaba en lo mismo.

—Yo tengo alquilado la casa de huéspedes del palacio,—, dijo Adroa. Había captado la angustia de Masiko. —El tigrecito podría quedarse un tiempo conmigo.—. Sanyu se le lanzó a su torso aferrándose fuerte a él con brazos y piernas. Adroa lo sostuvo en sus brazos, —No es para tanto,—, él afirmó. Erudito se irguió en sus dos patas traseras y colocó las delanteras en las rodillas de Adroa.

—Estoy a tus órdenes, gatito,—, dijo él maravillado del hermoso pelaje dorado con franjas blancas y negras del felino.

—¡Ay!—, clamó Masiko y ahí, en el mismo lugar de la segunda peor desgracia ocurrida en los últimos tiempos en su aldea, se sintió derretirse como una barra de mantequilla bajo el ardiente sol. Abanicando varias veces sus enormes pestañas, dijo, —No sabes cuánto te agradecemos no sólo por este gesto maravilloso, sino bueno...—, no había terminado cuando Namazzi interrumpió:

—Desde que te conocimos; Adroa, mil gracias por todo lo que haz hecho por nosotras.—. Adroa quedó maravillado de ver los insistentes parpadeos de los ojazos de Masiko, y él también sintió derritiéndose por ella.

—Entonces, ¿ustedes son los únicos niños que no están yendo al colegio Visionario?—, preguntó Zenobia.

—Hay una más,—, dijo Achén.

—Cierto; Nasiche hace falta,—, continuó Namazzi, —bueno, pero tampoco podemos abusar de Adroa. Mañana iremos a visitarla.—.

—Oh no, de ninguna manera, vayamos a mi casa para acomodar a este felino, y después iremos a visitar a Nasiche, ¿bueno?—, propuso Adroa sonriente echándole un vistazo a Masiko.

Meter al carro a Erudito resultó ser una odisea. Tan pronto sintió el encierro, saltó del asiento del medio a la silla del conductor, en seguida a la del pasajero del lado, donde Masiko se sentaba y después de abrirle un hueco con sus zarpas al centro de la silla, saltó afuera. Adroa lo tomó en sus brazos y le susurró, —Colabora, cachorro que te va a encantar mi almohada para dormir.—.

Los niños soltaron a reír pero al entrar al auto y ver la cantidad de motas de algodón de la silla del auto flotando en el aire, Zenobia se compadeció de Adroa y Sanyu oró mentalmente para que él no fuera a vengarse de su cachorro por el daño ocasionado a su vehículo.

Adroa ignoró las partículas del interior de sus sillas agitándose frente a él mientras conducía. Al auto ya no le cabía más gente. Ahora Dembe estaba sentada en las piernas de Zenobia y Achén en las de Namazzi. Adroa no quiso arriesgarse a dejar al cachorro en su casa sin supervisión. Entonces con el montón de pasajeros más el mal-portado tigrecito, manejó al taller de ropa donde trabajaba Mirembe, la madre de Nasiche.

Encontraron a la niña debajo de la mesa de trabajo de su mamá, cosiendo el cuerpo de una muñeca hecha de recortes de tela. Era urgente sacar a Erudito del vehículo, pues durante el viaje que duró menos de cinco minutos, estuvo rebotando de puesto en puesto como una pelota de piel y dejando las huellas de sus uñas en cada silla del jeep.

Adroa lo puso sobre los hombros y agarró fuerte sus patas. Allí Erudito por fin parecía haber quedado a gusto. Desde aquella cima y con el hocico reposado sobre aquel bien definido músculo, cerró los ojos.

Por supuesto que tan pronto Nasiche vio al tigre, soltó un grito de dicha y saliendo de debajo de la mesa, se empinó para acariciarlo. Cuando Erudito miró la muñeca que Nasiche empuñaba en la otra mano, se puso inquieto. Era evidente que quería hundir sus caninos en el objeto acolchado. Nasiche se apresuró para meter su juguete dentro del cajón de la mesa de la mamá y advirtió, —No te puedo regalar mi muñeca, es la única que tengo.—.

Zenobia quedó impactada con aquella declaración. En California, a ella y a sus amigas, las muñecas les sobraban.

—Yo les voy a mandar muñecas a ustedes tres,—, prometió Zenobia.

A Nasiche se le escapó un grito al verle el rostro de quien hiciera tan grandiosa promesa. Entonces se encadenó una serie de exclamaciones tanto de admiración como de pánico cuando las modistas, entre ellas, unas cuantas niñas, sentaron mirada en las visitantes de piel blanca.

Dembe y Achén todavía estaban fuertemente aferradas de las manos de Zenobia.

—¡No la toquen!—, ordenó Nasiche, —Las va a manchar con el color blanco de la piel,—, afirmó ella horrorizada de verla. Evidentemente, el pánico se le había prendido a la mamá y de un salto, apartó su hija lejos de ellas.

—No teman,—, aseguró Achén, —ellas son extranjeras. Por eso son tan blancas.—.

—Sí, ellas son de los Estados Unidos y sus pieles no sueltan su color,—, insistió Sanyu, acercándose a Zenobia. —Observen,—, exclamó pasando su mano por el rostro de Zenobia y mostrando sus palmas para demostrar que la blancura del rostro de la estadounidense no se había transferido a su piel. —¿Si ven?—. Incluso él estaba sorprendido de ello.

—Cuando la vi por primera vez, pensé que era un ángel,—, admitió Mukasa observando a Zenobia con mirada de ternero enamorado.

Namazzi anunció, —Mirembe; le presento a la señora Carol Lloyd. Ella es la mamá de Zenobia. Ellas tienen un asunto importante para hablarles.—.

Sin embargo, Carol no estaba poniendo atención a la conversación. Estaba sorprendida observando y contando las niñas modistas. Cada una estaba sentada sobre almohadones debido a que su estatura era muy baja para la mesa de costura que estaba hecha para el tamaño de personas adultas.

Namazzi y Masiko también se percataron de las niñas, y Masiko preguntó, —¿Están estas chiquillas acompañando a sus mamás?—.

—¡Cuánto quisiera que así fuera!—, respondió Mirembe, y susurrándoles a las hermanas continuó, —El jefe compró estas niñas de un mercader de esclavos.—.

—¿Usted qué está diciendo?—, Carol gritó esas palabras. Todo el personal del taller empezó a gritar y las niñas esclavas terminaron ocultándose debajo de las mesas.

—Oh no, ¡cúanto lo siento! Mil disculpas, no fue mi intención asustarlas.—. Cuando ya empezaron a calmarse, Carol le dijo en voz baja a Mirembe, —¿Podría hablarle en privado?—.

Mirembe acentuó un sí y caminó con ella a la puerta manteniendo unos cinco pies de distancia de ella, y a cambio de mirar por dónde caminaba, en todo momento la observaba en completa desconfianza. Temía que le fuera a transmitir un extraño virus si llegara a rozarla.

Entretanto, Zenobia se presentó a cada una de las niñas modistas. Eran catorce chiquillas entre los siete a los trece años de edad. Al principio se veían temerosas con ella, pero al cabo de algunos minutos de conversación empezaron a hacerle preguntas.

Mukasa y Sanyu hablaron de la tragedia apenas ocurrida en la propiedad del warayi y que ahora Sanyu viviría con su maestra en el internado. Sorprendentemente, no parecía muy preocupado por sus padres. La mamá iría a la cárcel y su padre, al hospital. Dembe aportó a la conversación la historia de su papá quien había muerto en el palacio del rey y de su abuelo quien la había vendido a la profesora. Zenobia habló brevemente de su abuelo y Mukasa expresó gran emoción de regresar a la escuela.

Carol interrogaba a Mirembe, —Me podría explicar, ¿quién compra?... ¿cómo consiguen estas niñas?... ¿quienes son los padres de estas niñas?... ¿cómo es posible?... —. Carol era una de las más destacadas periodistas de los Estados Unidos. A lo largo de su carrera había hecho miles de entrevistas y nunca le había faltado palabras para formular preguntas; a excepción de hoy.

Mirembe seguía observándola asustada y pensando, *¿Esto sí será un ser humano?* Era distinto ver en revistas a seres de piel incolora pero era muy diferente ver a una... en esta ocasión; a dos frente a ella y bañadas por el sol que entraba por las ventanas.

—Yo no tengo nada qué ver con las acciones de mi jefe,—, le alertó ella al percibir la frustración de Carol.

Namazzi, Masiko, y Adroa, se congregaron a cada lado de Carol y Mirembe. Carol prometió hablar con el dueño de la factoría para persuadirlo a liberar las niñas.

—No creo que el señor Kaikara vaya a aceptar la propuesta. Él trae estas niñas porque le salen muy baratas,—, alegó Mirembe volteando su vista a las esclavas. Estaban muy alegres y risueñas sentadas en el suelo con Zenobia. Por primera vez desde su llegada, se comportaban como niñas.

—Él les paga sus doce horas de trabajo con dos platos de comida diaria. Lo peor es que no las trata bien. Si las chiquitas no entienden rápido la explicación de cómo manejar la máquina de coser, las azota. Lo he visto. Por eso es que ahora no me rinde coser como antes porque gasto muchas horas instruyendo a las pobrecitas para evitarles tanto maltrato.—.

—¡Se está estacionando!—, voceó una modista cuya mesa estaba frente a la ventana. Las niñas saltaron a sus asientos, Mirembe corrió a su mesa, y Nasiche se deslizó de barriga debajo de la de ella. Sabían de quién se trataba.

—¡Oh, es una mala idea que el jefe vea a Erudito!—, afirmó Adroa, —¿dónde está el baño? Debo esconderme con este gatito.—. Mirembe le señaló un corredor y en un instante él desapareció de vista.

El señor Kaikara entró al taller seguido por cuatro niñas. Carol se estremeció. Sabía que habían sido recién compradas y eran además, ¡tan chicas! La mayor no podría tener más de nueve años. Él dio un brinco tan pronto vio a las blancas en su taller, y las niñas nuevas corrieron a esconderse debajo de las mesas.

Carol no dio importancia al repentino caos y se presentó al dueño del taller. Le dijo que era ilegal la compra de personas, que esas niñas merecían una educación, y terminó explicándole el objetivo de ella y de su hija.

El señor Kaikara la miró de pies a cabeza. Era un hombre de estatura chica. Su cabeza era bastante pequeña y su pelo afro semejaba una enorme telaraña blanca. Parecía que deseaba más estatura y su afro lo aportaba.

—¿Quién trajo a estas personas a mi taller?—, el jefe preguntó.

—Yo,—, admitió Namazzi.

—La maestra de Nasiche, por supuesto,—, dijo él introduciendo profundamente los dedos dentro de su pelo y sacando del enredijo un lapicero.

Señaló con el bolígrafo a las nuevas niñas y con el índice a cuatro mesas con máquinas de coser.

Aquellas estaban juntas y las nuevas esclavas tomaron asiento ante una realidad que nunca habían planeado.

—Exáctamente. Tomen sus puestos, niñas. Señora Mirembe,—, llamó él, —empiece a instruir a las nuevas aprendices, y le recomiendo que no invite a sus amigas aquí. Este es un sitio de trabajo y no un salón de visita. Crucé el río Congo en el bote del señor Ochieng...,—, de inmediato, Mirembe volteó a mirar a su hija. Sus ojos estaban despavoridos y la niña profirió un grito. —És un hombre muy amable y nos hemos hecho amigos. Me dijo que su esposa e hija estaban perdidas y que no descansaría hasta encontrarlas. Yo podría guardar silencio si tuviera la absoluta colaboración de ustedes. ¿Me explico?—.

Zenobia empezaba a creer que la vida en Uganda era semejante a estar participando en una película dramática. En un día había presenciado suficiente tragedia para contársela a su familia y amigas, por el resto de su vida. Ahora estaba con Nasiche, la hija de la modista, Achén, Dembe, Sanyu, Mukasa, y Erudito, en el patio de la escuela, jugando fútbol.

Todos sudaban, a excepción de Erudito mientras corrían detrás del balón. El tigre tenía la lengua afuera y les ganaba a todos siguiendo la bola y procurando agarrarla con sus patas delanteras.

Aprovechando un instante en que la pelota rebotó de las patas del felino, Zenobia la tomó y se la pateó a Mukasa. Con una patada, él se la regresó.

Ella la atrapó entre sus pies y supo que tenía que correr más rápido que Erudito. Mientras pateaba la bola y se acercaba al poste de anotación, vigilaba al cachorro y no vio una roca de tamaño mediano con la cual tropezó con el pie izquierdo y cayó de rodillas al suelo arenoso. La arena y las piedritas quedaron empapadas de sangre.

—¡Aaaah!— los niños gritaron al ver las rodillas de su amiga, sangrando. Mukasa se sorprendió mucho de ver que la sangre de la niña-ángel fuera del mismo color que la suya y de las demás personas. Todos se sorprendieron de lo mismo.

Achén se apresuró a la lacena de la cocina del internado, y sacó de allí una caja de Primeros Auxilios dotada con vendas, agua oxigenada, y algodón. Ella y Dembe le limpiaron las rodillas a su amiga, y los demás observaron esto con manos en los pechos como previniendo que sus corazones se salieran de su sitio.

Durante la curación, Sanyu cargó a Erudito para mantenerlo lejos de Zenobia porque mostraba mucho interés en su sangre. Afortunadamente Carol y los otros adultos estaban en el comedor hablando y no vieron el accidente.

Carol le pagó al doctor Akello las cuotas de todo el año de los niños quienes previamente tomaban las clases en secreto.

¿Estaré soñando? Meditaba Namazzi, *Ya no será necesario esconderlos.* Volteó su mirada a Masiko. Indudablemente también estaba feliz. Se tomaron de las manos y seguidas por Adroa, se apresuraron al patio para anunciarles a todos que era hora de cenar. La cara de dicha de los niños solo se comparaba con la energía de Erudito siguiendo la pelota.

Namazzi se acercó al grupo de futbolistas y les ordenó, —Hagan fila para entrar al colegio.—.

Adroa dijo, —Aquí me despido de todos ustedes. Me voy a casa con este felino y con suerte, me dejará dormir. Pórtense bien chicos y dulces sueños.—. Le extendió los brazos a Erudito y se lo llevó cargado al interior del ya aporreado jeep y pitando dos veces, se alejó. Zenobia observó a Masiko.

Ella le agitó su mano a Adroa y no entró al plantel hasta que él se perdiera de vista. Una vez adentro dijo, —Ahora, síganme al lavabo ¡ya que no se podrán acercar a los platos de comida con esas manos mugrientas!—.

En el baño, mientras los chicos se lavaban los brazos, manos, y rostros, ella los contempló a través del espejo y les dijo, —Erudito es el símbolo de la belleza de Uganda y de ustedes. El suelo de mi país es del color de la miel así como el pelaje del tigre.

Las rayas oscuras y claras son como las pieles de todos nosotros. Por tanto, unidos somos más bellos.—. Zenobia se lanzó a estrechar a Masiko en sus brazos. Sus palabras le hicieron reconocer cuán profundo era su sentimiento por Uganda y por su gente.

De tal modo; hablando, jugando, escuchando las lecciones de la profesora Namazzi sentada en el suelo de la clase con los demás niños, visitando los jardines Virina, el parque de la Reina Isabel, y la casa de huéspedes del palacio del ahora encarcelado, rey Mumbere, donde vivía Adroa con el tigrecito, y jugando fútbol, dos semanas pasaron, y la estadía en Uganda para Zenobia y Carol, llegó a su fin.

Mientras volaban a trece mil metros de altura sobre el lago Victoria, Zenobia pensaba en sus nuevos amigos de Uganda, en la maestra de la escuela, su hermana, Adroa, el amigo de ellas quien estaba perdidamente enamorado de Masiko, y en el gato más hermoso del mundo: Erudito. Soltó a reír mientras recordaba las veces que fue a visitarlo a la casa de Adroa. Al entrar a su vivienda, él se tapaba los ojos porque anticipaba el desastre que encontraría.

Siempre hallaba al cachorro en medio de retratos caídos y hecho trizas, montones de hilachas de sábanas, pedazos de almohadas con todo el algodón por fuera, y la última vez que lo visitó,

Erudito se las había ingeniado para abrir los cajones del armario, y sacado de ellos toda su ropa. Ahora Adroa necesitaba comprar ropa nueva. Las únicas piezas rescatadas de las garras del tigrecito fueron la ropa colgada, y esto porque todavía no se había figurado cómo darle vuelta a la manija del closet. Eran tantos los recuerdos lindos que lágrimas rodaron por su rostro.

—¿Te sucede algo, hija?—, preguntó Carol.

—Nada,—, mintió ella. —Sólo siento mis ojos secos.—.

—¿Cómo no los vas a sentir resecos? Zenobia, ¡por favor! Tu nunca te acuerdas de ponerte tus gotas,—, protestó Carol.

—Ya me las aplico,—, dijo Zenobia abriendo el maletín y deslizando su mano derecha al bolsillo del frente. A cambio, encontró la muñeca de trapo de Nasiche. —¡Oh mami!—, se quejó ella. Nasiche, la hija de la modista, me regaló su muñeca. La única que tenía.—. Entonces ya no le importó llorar abiertamente. Sentía su pecho a punto de estallar de amor hacia ese grupo de niños que en dos semanas había conocido tan bien.

Nunca fue necesario vestirse, peinarse, hablar, o comportarse de cierta manera para ser amada por ellos.

Cuando se rió, ellos se rieron con ella, cuando cayó al suelo y se lastimó, ellos también sintieron su dolor, y ¿cómo poder olvidar a Dembe y Achén aferradas a sus manos por todo un día? No hubieran querido jamás soltarla. Lo más significativo quizá era la dicha que sentían esos niños de ir a la escuela. El colegio era su mayor alegría. *Tan lindos,* pensaba Zenobia, *ellos merecen estudiar sin ningún impedimento.*

Con este pensamiento puso su frente en la ventanilla y se quedó dormida. Soñó con Erudito. ¡Cúanto lo había besado y acariciado esas abultadas patas! Todas sus hazañas eran perfectas. Hasta sus travesuras. *¿Qué haría con Pelusa; su gato, si lo tuviera al frente?* Se preguntaba. *Muy probablemente lo corretearía por toda la casa como lo hacía con la pelota de futbol.* Soñó también con el variado panorama de Uganda.

♥ ♥ ♥

Al llegar a Berkley, se sintió en casa. Era la primera vez que no se angustiaba de iniciar un nuevo año escolar. En el primer día de escuela, Zenobia metió los cuadernos al maletín junto con un álbum lleno de fotografías de su viaje. Afortunadamente, su primera clase seguía siendo estudios sociales.

Armada con el álbum el cual daba testimonio del adelanto de su proyecto a la vez que guardaba los recuerdos de Uganda, se paró al frente de la atónita clase y ante la mirada de admiración de la señora Finley. Habló de su programa para pagarles la educación a los niños de escasos recursos del hermoso país cuyo símbolo era el tigre; Erudito, con sus rayas blancas y negras sobre su piel de color miel, del colegio Visionario, y de los cuatro niños quienes habían asegurado un año de estudios porque su mamá lo había pagado.

Cada fin de semana, Carol llamaba a Namazzi para preguntarle acerca de la situación de las niñas esclavas del taller. Todo había empeorado. El dueño de la fábrica había comprado a veinte niñas más. Todas anhelaban liberarse, ir a la esuela, y retornar a sus familias a pesar que ellos las habían vendido.

Después de dos semanas del regreso de Carol y Zenobia a los Estados Unidos, Namazzi llamó a Carol para anunciarle ¡la mejor noticia de todas! El colegio ya tenía una computadora, y se podrían comunicar por Internet. Minutos después de la buena noticia, Achén, Dembe, Sanyu, Nasiche, y Mukasa, estrenaron la computadora hablando con Zenobia.

—¿Cómo te parece haber entrado al sexto año?—, preguntó Mukasa. Su mirada hacia ella seguía tan quijotesca como antes.

—Tan igual como el anterior,—, respondió Zenobia subiendo la mirada.

Nasiche no podía soltar palabra alguna. Estaba hipnotizada mirando la pantalla de la computadora contemplando el rostro de imposible belleza de su amiga estadounidense.

—Buena noticia,—, continuo él sonriente, —el doctor Akello ya no es dueño de este colegio. Ahora son dos señores los propietarios y parecen amables. Oh, y el doctor Akello no supo firmar su nombre cuando le pidieron su firma para vender la escuela, ¡ja, ja, ja!—, continuó él —se descubrió que su diploma de doctor había sido comprado.—.

—¿Cómo siguen tus rodillas?—, inquirió Sanyu acercándose más a la pantalla y profiriéndole una palmada a Mukasa. Había hablado demasiado y a él le tocaba contarle a Zenobia lo de la venta del colegio.

Achén lo empujó a un lado. No era justo que se antepusiera al monitor de la computadora ya que ella se había sentado en el medio para poder mirar mejor a su amiga.

—Mis rodillas están cicatrizando bien,—, contestó Zenobia sonriente. —Y no se peleen por mí que hay suficiente mí para todos.—.

—Pero no es justo, ¡Mukasa habló de más!—, se quejó Sanyu.

Dembe quedó sin palabras. Zenobia parecía estar allí al frente de ellos. Tocando la pantalla sobre el rostro de su amiga, dijo, —Me duermo pensando en ti.—.

—Yo también,—, continuó Achén, —y te veo en todas partes… Escucha,—, dijo y sacando un papel del bolsillo del uniforme escolar, lo desdobló y sentando mirada en él continuó: —Cuando subo la mirada a las nubes, veo tu rostro. En las estrellas contemplo tus ojos parpadeando, y en el sol más que tu pelo, veo tu corazón brillando.—.

—Achén escribió ese poema pensando en ti y lo leyó frente a la clase de Inglés,—, dijo Sanyu.

Zenobia sacó el gotero de lágrimas artificiales y lo puso frente a cada ojo apretando el frasco y olvidándose que estaba con la tapa. Mientras limpiaba sus lágrimas, dijo, —Ustedes no tienen idea cuánto los extraño.—.

—Zenobia, para nosotros tú eres las nubes, el sol, y las estrellas. ¿Nosotros qué somos para ti? —, preguntó Mukasa.

—Ustedes son la niña de mis ojos,—, respondió Zenobia reconociendo que eran ellos quienes estaban al frente de ella en todo momento.

Después de la conversación con sus amigos, Zenobia puso algunas imágenes de su viaje de Uganda en su página de Internet: worldgirldolls.org, con las fotos de sus amigos y de la escuela Visionaria e incluyó esta oferta a los visitantes de la página: con su compra de una muñeca, usted le pagará el total de un año escolar a un niño de escasos recursos en Uganda.

Carol se comunicó con varias agencias liberadoras de esclavos y les reportó la situación del taller de ropa de la ciudad de Kasese, y los encargados le prometieron investigar la factoría.

Zenobia pensó que miles de personas se unirían a su causa y las muñecas se venderían como panqueques recién hechos. Oh, pero su esperanza fue corta. En el lapso de seis meses, solo se vendió una muñeca en su página.

Hoy se sentía frustrada. No sólo se había enterado que el dueño de la fábrica de ropa donde trabajaba Mirembe, seguía comprando niñas y las esclavizaba en su taller, también había despedido a las empleadas adultas, a excepción de la mamá de Nasiche, por ser la entrenadora de las esclavas. Ahora las utilidades eran ridículamente cuantiosas porque solo pagaba el sueldo de Mirembe.

Mientras hablaba por Skype con sus compañeros, Nasiche se quejaba, —Mami no quiere seguir trabajando más en el taller. Ella quiere irse lejos de Kasese *para no ser parte del negocio sucio del señor Kaikara,* Zenobia, esas son sus palabras,—, Nasiche terminó susurrando.

Achén se acercó a ella para abrazarla y bajó la cabeza. Inadvertidamente, lágrimas le inundó los ojos y no quería que Zenobia presenciara su llanto.

Nasiche intuyendo la vergüenza de su amiga ante Zenobia, cambió el tema diciendo, —El sueño de mami es diseñar ropa con la corteza del árbol mutuba.—.

Zenobia no había oído acerca de dicho árbol, y mientras escuchaba el por qué Mirembe deseaba trabajar con la cobertura del mutuba, comprendió la razón detrás de su sueño. La corteza se arranca del árbol y se maja hasta convertirla en tela.

Con ella se hace ropa, accesorios, y se envuelve los cuerpos muertos de la gente nativa de Baganda, donde Mirembe nació. Los nativos creen que la tela tiene el poder de transportar las almas a su paraíso de descanso eterno.

—El deseo de tu mami y la tela que ella quiere usar para lograr su sueño, son tan bellos que quisiera diseñar una muñeca para la marca Muñeca Americana con la imagen de tu mamá representando a Uganda,—, prometió Zenobia.

Aquel comentario resultó una realidad. Zenobia se comunicó con la fábrica de la Muñeca Americana y les relató la visión de Mirembe. En un mes, la Muñeca Americana diseñó la primera muñeca Ugandés llamada Mirembe, vestida con un traje de tela batik y diadema del mismo material.

Los visitantes a la página de Zenobia siguieron igual de desinteresados. Los comentarios de los padres de los estudiantes del colegio donde Zenobia estudiaba permanecía igual: *Uganda es un país muy lejano y aquí tenemos nuestros propios problemas locales.*

A los comentarios desalentadores se le sumaba que Zenobia se estaba cansando de imponer sus derechos para seguir en los clubes destinados únicamente para varones, como el club de matemáticas, y finalmente, salió de él.

173

Los niños, sobretodo, Frank Delorean, el presidente del club, se alegró tanto con la salida de Zenobia, que escribió un cartel diciendo, *¡Ahora ya no habrán más estorbos en el club de matemáticas!*

Dicho comentario le perforó los oídos de Mukasa. Carol se lo había contado a Namazzi y Achén lo escuchó y no perdió un sólo instante para divulgárselo a sus amigos. Mukasa quiso tener el poder de saltar del monitor de la computadora y aterrizar en el colegio de Zenobia para propinarle unos cuantos golpes al atrevido presidente del club de matemática.

Ese mismo día, Zenobia le rogó a su mamá que fueran de regreso a Uganda para las vacaciones de verano. Carol le enumeró todas las razones del por qué dicho viaje era una mala idea, siendo la mayor de todas, la falta de dinero debido a que la campaña promocional para su proyecto social había tragado mucho capital. Para agregarle una bomba de tiempo al mal día, en una hora y veinte minutos, habría el partido de fútbol más importante de su colegio. Su familia llegó temprano para tomar los mejores puestos y se acomodaron en tres sillas laterales del medio del estadio.

Su colegio estaba por competir contra la escuela Unión, una de las mejores en deportes.

A Zenobia le había costado una larga batalla para demostrarle al colegio lo capacitada que estaba para ser parte del equipo. Renuentemente fue aceptada y hoy debía consolidar que merecía aquel puesto sólo destinado a varones.

Un fuerte pito inició el partido. Zenobia estaba agitada. El aire le faltaba. Subió la mirada al enorme cartel donde se anunciaba el más importante partido de fútbol del año, y se dijo, *¡Fuerza!* En los primeros minutos, el balón se desvió a ella. Era su turno patearlo. Corrió hacia aquel y en ese momento, se vio tomando carrera detrás de Erudito siguiendo su juguete favorito.

Lágrimas empañaron sus ojos lo cual nubló el panorama frente a ella. Sintió su pie derecho pisando un suelo blando, y se deslizó encima de aquello perdiendo los estribos y ¡cataplum! reviviendo la experiencia en Uganda, miserablemente cayó al suelo, de rodillas.

No se dio cuenta cuánto demoró en llegar los paramédicos porque durante todo ese rato mantuvo los ojos cerrados. *¿Por qué me pasó esto? ¿por qué? ¿por qué?* Si los pensamientos tuvieran sonido, los de Zenobia en ese instante, le habría perforado los tímpanos a todos en la cancha. Gastó hasta la última gota de control propio para no patalear allí mismo sobre aquella grama que la quemaba como si estuviera metida en la olla del warayi en plena ebullición.

Pero sus ojos si respondieron a su reproche interno porque a cambio de patear la bola, la había pisado. Limpiándose las lágrimas con ambas manos, su mente quedó anclada en los recuerdos de Uganda.

Sintió cuando cuatro manos que la sujetaron de los hombros y los pies, la levantaron, la colocaron sobre una superficie dura, y la deslizaron dentro de algo largo. Escuchó el estruendoso silbido de la sirena de una ambulancia, la ignición de un vehículo, el rechinar de llantas, y la voz de un hombre que le hablaba, —No temas, vas a estar bien. Te estamos llevando al hospital.—.

Una vez se sintió acostada sobre una cama, entreabrió los ojos. Estaba rodeada de paredes blancas. *Estoy en un tonto hospital, a cambio de estarme validando como la mejor futbolista de mi colegio,* meditó ella. En ese instante, sus padres y Talula, entraban apresurados. Una mujer vestida de doctora, les seguía.

—¿Cómo estás hijita?—, preguntó Hank. Sus ojos estaban salidos y alternaba la mirada a ella y a la doctora.

—Siento mucho lo ocurrido, dulzura,—, continuó Carol. *¿Por qué no se callarán?* Se preguntó Zenobia sintiendo sus ojos arder de ira e impotencia.

—¿Estás bien Zenobia?—, inquirió Talula estudiándola de pies a cabeza.

—¡Estoy estupenda!—, gritó ella.

—¡Me alegro!—, respondió Talula.

—¿De veras?—, se quejó Zenobia volteándose a su lado derecho. Al hacerlo, soltó un bramido.

—Ay, no le pongas ninguna presión a ese lado, preciosa,—, dijo la doctora y de un salto estuvo al borde de la cama. —Señor Lloyd, ayúdeme a voltear a su hija boca arriba mientras le sostengo la pierna,—, y así lo hicieron mientras Zenobia cerraba los ojos fuerte deseosa de borrar lo ocurrido en la cancha de fútbol y ansiosa de salir volando de esa habitación.

Sin embargo, su mala suerte se empeoraba con cada palabra que soltaba la doctora: —Tu hueso del peroné está fracturado,—, se lo dijo achicando los ojos del mismo modo como lo hacía Talula cuando presenciaba algo desagradable. En forma de eco Zenobia escuchaba la explicación acerca de tal hueso. Era el lateral, y el más angosto de la pierna. Su papá volteó la cara para no llorar frente a ella.

—La nena ha luchado tanto por ser la mejor futbolista de su colegio,—, le susurró estas palabras a Carol aunque no fue su intención decirlas delante de todos.

Carol le detuvo la mirada a los ojos de su hija. La expresión de su mamá era de valentía. Se lo quería transmitir uno de los peores momentos de su vida.

Estoy vencida, Zenobia lo pensó una y otra vez mientras la doctora revisándole las piernas y las rodillas, hablaba sin cesar de lo importante de guardar quietud durante varias semanas.

Levantándose de la silla, la doctora dijo, —Aprovechando la cirugía, le voy a remover unas partículas negras que tiene en las rodillas. Parece ser tierra.—.

—Déjela,—, ordenó Zenobia con voz recia, —es la tierra de Uganda que la quiero llevar dentro de mí por el resto de mi vida.—.

Aquella respuesta fue suficiente para convencer a Carol de redoblar sus esfuerzos y mantener viva la misión de su hija en aquel país maravilloso.

♥ ♥ ♥

Su recuperación demoró ocho semanas. Entretanto, en Uganda, dos eventos ocurrieron: Mirembe y Nasiche se fueron a vivir al distrito de Masaka, a cinco horas en carro, de Kasese. Adroa las llevó pero antes, un segundo suceso estaba ocurriendo mientras la pierna de Zenobia sanaba.

Erudito había destruido hasta las paredes de la vivienda de Adroa a consecuencia de que ahora era un tigre adulto. A zarpazos abrió varios huecos de las paredes, destruyó los muebles, derrumbó la puerta del closet, y obligando a Adroa a organizar su ropero dentro del carro. En el recuerdo quedó los paseos en el auto; la silla del conductor seguía rota, y las demás tenían sus uñas marcadas.

Erudito necesitaba espacio y estar rodeado con los de su especie. Por tanto, Adroa les expresó a los niños la más triste propuesta: la mascota de todos debía irse a vivir a un refugio de felinos de su clase. El Refugio de gatos grandes del África ubicado en Stanford al sur del África, era el sitio ideal para él, pero devastador para sus amigos quienes lo adoraban. Estaba a setenta horas de distancia en carro.

Era preciso sedarlo para poderlo transportar en un avión. Dos voluntarios del santuario volaron a Kasese en una avioneta privada. En el antejardín del palacio del ex rey de Uganda, el estrepitoso aparato volador, aterrizó.

Adroa estuvo filmando dos horas seguidas la dramática despedida de Erudito. Él se veía compuesto con sus ojos fijos en la gigantesca ave metálica. Sentado, se dejó acariciar por sus amigos humanos. Los niños sobre él lloraban. Procurando animarles, Adroa les explicaba cuán dichoso Erudito estaría en el refugio.

—Él será el rey entre los felinos. Además tendrá comida de sobra; desde antílopes a cabras.—. Se había vuelto difícil mantenerle la panza satisfecha al tigre. Él cazaba ardillas y uno que otro marrano salvaje, pero Adroa tenía que ayudarle a cazar sus alimentos. Además él ahora era uno de los profesores de secundaria del colegio Visionario, y no tenía mucho tiempo para cuidarlo.

—Un día voy a trabajar en el refugio donde tú te irás,—, le prometía Mukasa al tigre que apagaba los ojos con insistencia completamente desinteresado de tanto despliegue de afecto.

Zenobia ante la pantalla había quedado muda. Lo mismo le había pasado durante el entierro de su abuelo. El dolor en llanto empezó a manifestarse dos semanas después de su muerte.

—Estoy muy triste,—, Dembe soltó estas palabras al teléfono celular de Adroa. —Primero tú te fuiste de regreso a tu país y hoy nuestro tigre nos deja.—.

Cuando uno de los voluntarios se acercó a Erudito con jeringa en mano, retumbo un —¡Noooo!—. Era el grito de todos. Hasta Masiko y Namazzi se unieron en protesta.

—Tranquila mi amor,—, le rogó Adroa a Masiko.

Ahora eran novios y estaban planeando casarse en el verano. —Esto será lo mejor para nuestro amigo y porque lo amamos, lo dejaremos ir. Tranquilízate tu también, Namazzi. Nadie mejor que tu sabes la importancia de la libertad.—.

Cuando el chico se le acercó a la pata derecha de Erudito con la jeringa para inyectarle el tranquilizante, Sanyu viendo de cerca la larga aguja, le retiró la mano y le rogó, —No, no lo haga.—.

—Lo debes dejar,—, Zenobia intervino.

—¿Por qué?—, le preguntó él acercándose al celular de su profesor.

—Porque lo amas.—.

Todos se taparon los ojos, incluyendo Zenobia. Aunque nadie vio dónde se le clavó la aguja al divino felino, sus amigos sintieron una espada enterrándose en sus pechos.

Erudito cayó de lado y todos, a excepción de Adroa quien filmaba para permitirle a Zenobia ver los últimos momentos de la mascota de todos, lo rodearon para acariciarlo y besarle ese pelaje con el tono de la tierra de Uganda y las franjas del color de ellos allí presentes, y el de Zenobia.

—Adiós, Erudito,—, dijo ella.

—Adiós amigo,—, dijeron Mukasa y Achén.

—Adiós, mi gatito,—, le susurró Sanyu en su oído.

Dembe alternaba la mirada al teléfono y al tigre. Se lo llevaron en una camilla igual a las que transportaron los cuerpos muertos de los ochenta y ocho borrachos quienes tomaron su último warayi en la propiedad de Sanyu, el 9 de Junio pasado, mientras Zenobia los visitara por primera vez.

Una vez Erudito estuvo adentro de la avioneta, ésta despegó esparciendo briznas de hierba y tierra por todos lados. Los ahí presentes cerraron los ojos. Zenobia los mantuvo abiertos contemplándolos a todos mientras pasaba sus dedos por encima de las protuberancias de tierra incrustadas en sus rodillas.

Su familia había crecido. Hoy su deseo era seguir expandiéndola y continuar ayudando a esa tierra linda de color miel. No importaba cuánto tiempo le tomara, le dedicaría su vida a ayudar a financiar la educación de los niños más maravillosos de la tierra.

Acerca de la Autora

Claudia Carbonell nació en Cali, Colombia. Empezó a escribir cuentos cortos a los diecisiete años. A los diecinueve su carrera como escritora oficialmente empezó cuando el popular periódico El Meridiano del Ecuador, aceptó a Claudia como columnista. Continuó escribiendo y estudiando y posteriormente retornó a los Estados Unidos donde recibiera varios grados y reconocimientos.

Claudia escribe principalmente para la audiencia infantil y juvenil. Sus libros mayormente están centrados en la temática del medio ambiente y acerca de niños que están cambiando el mundo. Sus dos principales obras se titulan *La Serie Mágica* y *Los Héroes Mágicos*.

Claudia también es asesora de vida, terapista de familias y de parejas e hipnoterapista clínica. Reside en el Sur de California, Estados Unidos, con su esposo, Aaron, y su mamá, Lola. Sus dos hijos: Brigitte Chantal y Andrew Phillip viven cerca, y de vez en cuando comparten con ella su adorable Chihuahua, Zoe.

Otros Libros de la Autora

Los Héroes Mágicos:

La Niña y el Papa

La Serie Mágica:

La Casa Mágica
El Bosque Mágico
La Finca Mágica
La Selva Mágica
El Océano Mágico

Próximamente de La Serie Mágica:

Los Glaciares Mágicos
Introducción al Reino Mágico
El Reino Mágico
El Imperio Tecnológico

Otros libros publicados:

El Árbol de la Vida
Estado de Luz
El Pájaro Feo del Centro Comercial
El Portal del Jardín
El Pelícano Solitario y la Gaviota Desplumada

Made in the USA
Columbia, SC
27 July 2024